KB114236

내 손끝의 탑스타

내 손끝의 탑스타 10

박꼴 장편소설

초판 1쇄 찍은 날 § 2018년 7월 24일
초판 1쇄 펴낸 날 § 2018년 7월 31일

지은이 § 박꼴
펴낸이 § 서경석

총괄팀장 § 최하나
편집책임 § 신보라
디자인 § 신현아

펴낸곳 § 도서출판 청어람
등록번호 § 제387-1999-000006호
등록일자 § 1999. 5. 31
어람번호 § 제1-2938호

주소 § 경기도 부천시 부일로 483번길 40 서경B/D 3F (우) 14640
전화 § 032-656-4452 팩스 § 032-656-4453
http://www.chungeoram.com
E-mail § chungeorambook@daum.net

ⓒ 박꼴, 2017

ISBN 979-11-04-91795-0 04810
ISBN 979-11-04-91513-0 (세트)

내 손끝의 탑스타

박골 장편소설

FUSION FANTASTIC STORY

10

도서출판 청어람

Contents

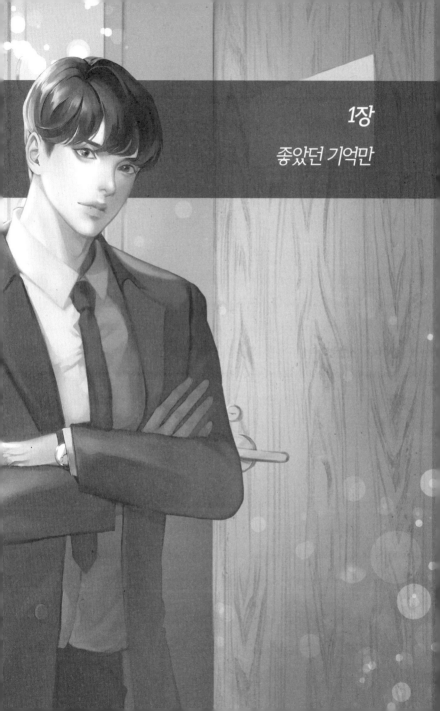

1장

좋았던 기억만

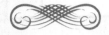

　샤워기에서 쏟아지는 따듯한 물에 현우는 몸을 맡기고 있었다. 백룡영화제에 참석하느라 쌓인 긴장과 뒤풀이 장소에서 쌓인 피로가 싹 씻겨 나가는 기분이었다.

　엘시가 센스 있게 샴푸며 비누, 칫솔 등 필요한 것들을 미리 준비해 둔 덕분에 씻는 데 별 어려움은 없었다.

　'게스트 전용 화장실이라고 했지?'

　그래도 기분이 묘했다. 여자 혼자 사는 집에서 샤워를 하고 있는 꼴이라니. 샤워를 마치고 두툼한 수건으로 물기를 닦은 다음 현우는 살짝 화장실 문을 열었다.

'없네.'

워낙 장난기가 많은 엘시였다. 방에 아무도 없음을 확인한 현우는 그래도 혹시 몰라 방문을 잠갔다. 그리고 서둘러 옷을 챙겨 입기 시작했다.

똑똑.

그때 누군가 노크를 했다. 옷매무새를 만지던 현우가 고개를 돌렸다.

"누구야?"

"오빠, 나예요."

송지유였다. 조금 전 팔베개 사건이 떠올라 현우는 괜스레 말문이 막혔다.

탁탁.

문이 잠겨 있었다. 문고리를 돌리던 송지유가 얼굴을 찌푸렸다. 아침에 있던 일들이 떠올라 송지유도 얼굴을 붉혔다.

"지금 문 잠그고 있는 거예요?"

"어? 으, 응."

"왜요?"

"그냥… 너 때문에? 또 잘못 들어올 수도 있잖아."

현우는 슬쩍 장난을 쳤다. 송지유의 눈동자가 커졌다.

"미쳤어요? 말이 앞뒤가 조금 바뀐 것 같지 않아요? 누가 누굴 탓하는 거예요? 오빠가 남자잖아요."

"내가 남자긴 한데, 아까 같은 일이 또 생기면 어떻게 하냐?"

"네, 네?"

송지유가 빨개진 얼굴로 당황했다. 그러다 방문을 걷어찼다.

꽝!

현우가 화들짝 놀랐다.

"놀랐잖아!"

"놀라라고 찬 거예요."

"어제부터 왜 이렇게 억지를 부려?"

"내가 언제 억지 부렸어요?"

방문을 사이에 두고 묘한 신경전이 벌어졌다.

"귀엽게들 노네."

엘시가 팔짱을 낀 채 송지유의 뒤편으로 나타났다.

똑똑.

엘시가 노크를 했다.

"왜 또 노크해? 옷 거의 다 입었어."

"저예요. 조선의 국모."

엘시의 농담에 현우가 피식 웃었다. 그리고 셔츠의 손목 단추를 마저 채우고 방문을 열었다.

송지유도, 엘시도 이미 외출 준비를 다 마친 상태였다. 둘이

서 똑같이 선글라스도 끼고 있었다.

송지유가 현우에게 다가왔다. 현우가 움찔했다.

"때, 때리게?"

"내가 깡패예요? 이거나 써요."

"선글라스? 나도?"

선글라스를 든 채로 현우가 물었다. 엘시가 고개를 끄덕였다.

"해장은 해야 하지 않겠어요? 오빠 오늘도 회사로 출근할 건 아니죠? 오늘 일요일이에요. 쉬는 날. 빨간 날."

"음, 잠깐만."

현우가 핸드폰을 꺼내 어딘가에 전화를 걸었다.

─야, 지금 오전 11시가 넘었는데 이제 전화하냐?

핸드폰 너머로 익숙한 목소리가 들려왔다.

"태명 오빠네요, 언니."

"손 부인?"

곤란한 표정을 짓고 있는 현우를 보며 엘시와 송지유가 웃었다. 수화기 너머의 손태명은 마치 밤새 남편 연락을 기다리고 있던 부인 같았다.

─김현우 너, 이 시간까지 뭐 했냐?

"이 시간까지 매니지먼트했다."

─매니지먼트? 너, 설마 어제 2차 갔어?

"어쩌다 보니 그렇게 됐다. 바꿔줄게."

현우가 얼른 스피커 모드로 전환했다.

"태명 오빠, 저예요. 지유."

—응, 지유구나.

"손 실장님, 저도 있어요. 조선의 국모!"

—뭐야? 셋이 밤새 같이 있었어요?

"어? 서운하게 반응이 그게 뭐예요? 지유랑 단둘이 있는 건 괜찮고 저랑 셋이 있으면 안 되는 건가요?

핸드폰 너머에서 잠시 말이 없었다.

—그게 아니라… 아니, 뭐… 아무튼 지금 거기 어디예요?

"저희 집이에요. 지유랑 현우 오빠는 제가 밤새 잘 감시했어요."

—하아, 다연 씨가 제일 위험한 사람 아닙니까? 기자들 못 봤죠?

"네. 기자님들 있었으면 벌써 기사 떴겠죠."

—그렇긴 하네요. 다연 씨, 현우 좀 바꿔주세요.

"네!"

다시 핸드폰이 현우에게로 돌아왔다.

"응, 나다."

—오늘 미팅 스케줄 문자 확인했지?

"했어. 그런데 무슨 일이야? 문자 보니까 제법 진지하던데."

—모르겠어. 일단 미팅 잘하고 나한테도 알려줘.

"오케이. 철용이는?

—걱정할 것 없어. 오늘은 내가 철용이 대신 유희 데리고 다닐 거니까.

"알았다. 고생해라."

—그래.

툭.

전화가 끊겼다. 쏟아지는 시선에 현우가 어깨를 으쓱했다.

"오빠, 미팅 잡혔어요? 오늘 일요일인데."

송지유가 서운한 표정을 했다. 엘시도 마찬가지였다. 외출 준비를 단단히 해놓았는데 현우는 역시나 오늘도 바빴다.

현우는 괜스레 미안했다. 둘이 스케줄도 없었는데 한껏 꾸민 상태였다. 송지유는 평소 잘 하지도 않는 화장까지 했다.

"날씨도 좋겠다, 오늘은 너희끼리 놀래? 쇼핑도 하고 맛있는 것도 먹고. 미팅 빨리 끝나면 저녁쯤에 나도 합류하지, 뭐. 맥주 한 잔 콜?"

"……."

"……."

영 반응이 시원치가 않았다. 송지유도 엘시도 입을 삐죽 내밀고 있었다.

'하아, 곤란하네.'

어른스럽던 송지유까지 어제부터 묘하게 어리광을 부렸다. 아니, 요즘 확실히 어리광이 잦았다. 그렇지만 오히려 더 가까워진 것 같아 기분은 나쁘지 않았다.

"아, 그럼 우리도 미팅 따라갈게요!"

엘시가 아이디어를 냈다. 송지유가 눈동자를 빛내며 입을 열었다.

"누구 만나는 거예요? 우리도 만나도 되는 사람이면 따라가도 괜찮지 않아요?"

"음."

현우는 잠시 생각에 잠겼다. 그러다 흔쾌히 고개를 끄덕거렸다.

"뭐, 상관은 없는데 백룡영화제 참석하고 술도 마셨고, 피곤하지 않아? 너희들만 괜찮다면 상관은 없어."

"그럼 콜!"

"저도 콜!"

둘이 콜을 외쳤다. 현우가 피식 웃었다.

*   *   *

부르릉!

가로수길에 빨간색 스포츠카 한 대가 멈춰 섰다. 문이 열리며 운전석에서 선글라스를 쓴 현우가 먼저 내렸다. 그리고 뒤이어 송지유와 엘시가 모습을 드러내었다.

송지유와 엘시가 내뿜고 있는 연예인 포스에 한가롭게 가로수길을 지나던 사람들의 시선이 쏟아졌다. 커다란 선글라스를 쓰고 있는 까닭에 다들 긴가민가하고 있었다.

"들어가자."

그리고 그 틈을 타서 세 사람은 얼른 카페로 들어섰다. 세 사람이 들어서자마자 카페가 조용해졌다. 그리고 시선이 쏠렸다.

"송지유 아니야? 엘시랑?"

"에이, 송지유랑 엘시가 여길 왜 와?"

"맞네, 맞네! 저기 김현우 대표님도 있잖아!"

"지, 진짜다! 김태식이다!"

카페가 점차 소란스러워졌다. 손님들이 슬금슬금 다가와 핸드폰을 꺼내 사진을 찍기 시작했다.

"어울림 엔터테인먼트 손태명 실장 이름으로 룸 하나 예약되어 있을 겁니다. 확인해 주시겠어요?"

"기, 김현우 대표님이시죠? 맞죠?"

알바를 하던 아가씨가 말을 더듬으며 물었다. 현우가 고개를 끄덕였다. 그리고 순식간에 카페 손님들이 몰려들었다. 알바 아가씨가 세 사람의 정체를 확인해 준 꼴이었다.

한가로운 일요일에 귀찮을 법도 했지만 송지유와 엘시는 벌써 선글라스를 벗고 팬 서비스를 하고 있었다. 사인 요청도, 셀카 요청도 웃는 얼굴로 모두 받아주었다.

*　　　　*　　　　*

"휴우, 사인해 드리고 셀카 찍어주니까 시간 벌써 다 갔네. 지유 너, 왜 이렇게 인기가 많아? 언니 피곤하게."

"언니는 피곤해요? 저는 팬들 만나서 기분 좋은데요."

"어? 이런 식이라 이거지? 얍!"

"어, 어딜 만져요?!"

사이좋은 송지유와 엘시를 보며 현우는 피식 웃고 테이블 위에 음료를 내려놓았다.

"벌써 1시 30분이 넘었어?"

현우가 시계를 확인하곤 깜짝 놀랐다. 미팅 시간은 2시였다. 사인만 대충 3, 40분 동안 해준 것 같았다. 현우도 놀라며 맞은편으로 앉았다.

창문에서 햇살이 새어들어 왔다. 일요일 낮에 송지유, 엘시와 함께 있는 게 현우는 조금 어색했다. 평소라면 대표실에서 업무를 보고 있을 시간이었다. 어색한 김에 현우가 핸드폰을 들었다. 그리고 송지유의 팬 카페에 들어가 보았다.

"하아, 이거 또……"

현우가 머리를 긁적이자 송지유와 엘시가 살짝 웃었다. 송지유가 방금 전 엘시와 함께 찍은 사진을 올렸는데 밑에 적어 놓은 글귀가 문제였다.

'일요일 가로수 길에서 다연 언니랑 오늘도 열심히 매니지먼트 중인 현우 오빠랑.'

커피를 가지러 내려가는 현우의 뒷모습까지 사진으로 올라와 있었다. 그런데 댓글이 문제였다.

─김발놈 [말년병장지유]
─일요일에 한가하게 저 두 분이랑 커피를 마신다? [지유야]
─김발놈. ㅋㅋ [지유여왕]
─여러분, 김발놈입니다. [얼굴천재지유]
─김발놈아! [지유야 일어나]
─저 일하는 중입니다. 오늘 미팅 잡혔는데 스케줄 없다고 저 두 명이서 그냥 저 따라온 겁니다. 저도 피곤합니다. 일요일까지 매니지먼트라뇨! [김발놈]
─엥? 나 왜 닉네임이 김발놈이지? 누가 그랬어요? [김발놈]
─ㅋㅋㅋㅋㅋㅋ [지유 충신]
─ㅋㅋㅋㅋㅋㅋㅋㅋ [얼음지유]

—ㅋㅋㅋㅋ 김발놈. ㅋㅋㅋ [얼굴천재지유]

—아, 웃겨 죽겠다. ㅋㅋ [치킨가게 지유]

—카페 운영자 누구냐? ㅋㅋ [지유의 아재]

—운영자 판단력 무엇? ㅋㅋㅋ [연대장지유]

현우가 탁 핸드폰을 테이블에 내려놓았다. 절로 헛웃음이 나왔다. 엘시가 현우를 가리키며 킥킥 웃어댔다. 송지유는 은근 고소하다는 얼굴이었다.

"내 편이 없다, 내 편이."

"그럼 오빠도 팬 카페 만들어요. 아니면 SNS 해보는 건 어때요?"

송지유의 제안에 현우는 진지하게 고민했다.

"팬 카페까지는 좀 과하고… SNS나 시작해 볼까?"

"SNS 좋네요! 지유랑 제가 만들어줄게요!"

엘시가 핸드폰을 뺏어갔다. 그러자 송지유가 아무렇지도 않게 비밀번호를 풀었다.

"어? 너 그거 어떻게 알아?"

송지유가 생긋 웃었다. 그리고 SNS를 깔았다. 그리고 가입을 시작했다. 김현우 이름 석 자에 주민등록번호까지 능숙했다.

"내 주민등록번호도 알아?"

송지유는 아무 말도 하지 않았다. 대신 척척 가입해 나갔다. 현우는 팔짱을 낀 채로 가만히 지켜보기만 했다.

"잠깐, 프로필 사진은 뭐로 하려고?"

"오빠, 다 있어요."

엘시가 집중하고 있는 송지유 대신 대답했다.

"내 사진이 있다고? 지유에게?"

정말이었다. 송지유가 본인의 핸드폰 사진첩에서 현우의 사진을 고르고 있었다.

"너 뭐야? 내 사진이 왜 거기 있는 건데?"

"스케줄 때문에 매일 붙어 있는데 사진 한 장 없을까 봐 그래요?"

"그러냐?"

묘하게 설득력이 있어 현우는 그냥 웃어넘기고 말았다.

"됐어요. 가져가요."

"응. 한번 볼까?"

현우가 핸드폰을 건네받고 SNS 프로필 사진부터 살펴보았다. 말끔한 남색 슈트 차림의 현우가 팔짱을 낀 채 대기실 벽에 기대어 있는 사진이었다.

"괜찮네."

마음에 들었다. 180㎝에 26살, 육군 병장 전역에 어울림 엔터테인먼트 대표라는 정보까지 기재되어 있었다.

"취미는 맥주 마시기랑 매니지먼트, 장점도 맥주 마시기랑 매니지먼트, 단점도 맥주… 마시기랑 매니지먼트?"

"일이랑 맥주 중독이잖아요, 오빠."

송지유가 무심결에 말했다.

"뭐, 틀린 말은 아니네."

현우가 쓰게 웃었다. 그때였다.

딩동.

SNS 알림이 떴다. 친구 요청이었다. 송지유와 엘시가 동시에 친구 요청을 보내온 상태였다.

현우는 얼른 친구 승낙을 했다. 그간 모니터링 겸 가끔 들여다보던 송지유와 엘시의 SNS가 목록에 떴다.

"오빠, 이리로 와봐요."

"나?"

"사진 한 장 올리게요."

"오케이."

현우는 송지유와 엘시 사이에 앉았다.

"셀카는 제가!"

엘시가 핸드폰을 들고 셀카를 여러 장 찍었다. 그리고 송지유와 사진을 고르기 시작했다. 현우는 한숨을 삼켰다.

"다 괜찮아 보이는데 뭘 또 골라?"

"조용히 좀 있어요. 진짜 성가셔."

송지유가 타박했다. 현우는 머리를 긁적였다. 그사이 송지유가 열심히 핸드폰을 들고 무언가를 두들겼다.

딩동.

현우의 SNS 창으로 사진이 덩그러니 올라왔다. 방금 전 셋이 함께 찍은 셀카였다.

자세히 살펴보니 세 사람의 이름이 한 번에 올라와 있었다. 그리고 그 순간 워프 게이트가 열리고 말았다.

딩동, 딩동, 딩동.

알림이 미친 듯이 울리기 시작했다. 현우가 화들짝 놀랐다.

"뭐, 뭐야? 이거 왜 이래?"

"지유랑 제 거 SNS 타고 팬들이 친구 요청 하는 거예요. 알림 꺼줄게요."

엘시가 얼른 알림을 꺼주었다.

그리고 때마침 노크 소리가 들리며 문이 열렸다. 이진이 작가였다. 이준영 피디도 함께였다.

"하하, 피디님, 오랜만입니다. 같이 오실 줄 알았으면 식사라도 준비할 걸 그랬습니다."

현우가 환한 얼굴로 이준영 피디를 반겼다.

"바빠서 식사까지는 못합니다. 그나저나 오랜만입니다, 현우 씨. 아, 이제 대표님이라고 불러 드려야 합니까?"

"그러시면 제가 섭섭하죠."

현우는 진심이었다. 어울림이 영세했을 때, 그리고 송지유가 신인 가수였을 때 이준영 피디는 많은 조언을 해주었다.

"지유 씨도 오랜만입니다. 엘시 씨도 반가워요. 성공적인 복귀 축하합니다."

"감사합니다, 피디님. 엘시예요."

"일단 앉읍시다. 지유 씨도 앉아요."

"네, 피디님."

이진이 작가까지 포함해서 다섯 사람이 자리에 앉았다.

"백룡영화제 잘 봤어요. 지유야, 신인상 축하해. 엘시 씨도 축하 공연 좋았어요."

이진이 작가가 칭찬을 아끼지 않았다. 그러다 현우를 슥 보곤 웃음을 억눌렀다.

"…김발놈요?"

"아뇨, 그 춤추시던 게 갑자기 기억이 나서요. 죄송해요, 현우 씨."

"뭐, 다 제 업보죠."

현우도 그냥 가볍게 웃어넘기고 말았다.

"그런데 세 분이서 똑같은 옷을 입고 계시는데 의미가 있어요?"

이진이 작가가 물었다. 현우도 그렇고 송지유와 엘시도 옷 위에 노란색 후드 티셔츠를 덧입고 있었다.

"아, 이거요? 그 의남매 결성 기념으로 근처 옷가게에서 맞쳤습니다."

말을 하면서도 현우의 얼굴이 벌게졌다. 이준영 피디가 피식 웃었다.

"행복해 보입니다, 현우 씨."

이준영 피디가 한마디 더 했다.

"행복이요? 뭐, 아직까지는 그렇습니다."

"진이야, 보여 드려."

"알았어요."

역시 이준영 피디다웠다. 몇 마디 안부 인사를 하고 곧장 본론을 꺼내들었다. 이진이 작가가 에코백에서 노트북을 꺼내 피피티 파일 하나를 보여주었다.

"천천히 살펴보세요."

"그러죠."

현우가 노트북을 들여다보기 시작했다. 어수룩하던 조금 전의 모습은 사라지고 없었다. 더없이 진지한 표정으로 현우가 자료를 검토해 나갔다.

조금 시간이 흐르고 현우가 피피티의 마지막 장을 넘겼다. 그러고는 팔짱을 꼈다.

"음, 기획안치고는 너무 세세한데요?"

"네, 잘 보셨어요. 준비하느라고 고생 좀 했어요. 어떠세요, 대표님?"

어느새 호칭도 바뀌어 있었다. 현우가 가만히 생각에 잠겼다. 신현우 프로젝트를 가동할 때도 '무형' 출연을 검토한 적이 있었다. 결론은 너무 과하다는 것이었다.

하지만 그때는 그때고 지금은 지금이었다.

"곧 연말연시잖아요. 올 한 해를 바쁘게 보내온 시청자 여러분에게 분명 큰 위로가 될 거예요, 대표님."

"국민 기획사라는 브랜드 이미지에도 득이 될 겁니다, 현우 씨."

이준영 피디까지 은근히 설득해 왔다. 이진이 작가가 송지유와 엘시 쪽으로 시선을 옮겼다.

다른 기획사의 대표와 다르게 소속 연예인들의 의견을 중시하는 현우였다.

"오빠, 재밌을 것 같아요. 우리 해봐요."

"오랜만의 예능이잖아요. 저도 잘할 수 있어요."

송지유와 엘시까지 나서서 현우를 설득했다.

"너희들은 마음에 드는구나? 음."

현우가 턱을 쓰다듬었다. 사실 무형 팀에서 가지고 온 기획안은 훌륭했다. 대형 프로젝트였다. 하지만 문제는 현우 자신에게 있었다.

"현우 씨, 해봅시다."

"하아, 이게 김태식이니 김발놈이니 하는 게 은근히 신경

쓰어서요."

"장가갈 수 있으니까 걱정 마세요."

"예?"

현우가 뜨끔했다. 이진이 작가가 가끔 현우가 혼자 생각하던 것을 말하고 있었다.

"부담은 주기 싫습니다, 현우 씨. 결정은 현우 씨가 해요."

"으음."

최고의 예능 프로그램 중 하나인 무형이다. 또 지금의 국민 기획사 어울림과 국민 소녀 송지유를 있게 해준 무형이다.

더 이상 고민하는 것도 실례였다.

"하겠습니다."

현우가 도장을 찍었다.

*   *   *

"으음."

신현우가 조용히 눈을 떴다. 고개를 돌려보니 병원 침대에 두 딸이 서로를 꼭 껴안고 잠들어 있었다. 신현우는 깊게 숨을 들이마시며 간이침대에 앉았다.

머리가 지끈거렸다. 새벽 늦게까지 김형식 사장, 남훈과 함께 술을 마셨다. 살짝 얼굴을 찌푸리던 신현우의 얼굴이 아예 굳고 말았다. 병실 입구에 익숙한 실루엣이 보였다.

"오랜만이야. 어제 술 마셨어?"

"······."

신현우가 간이침대에서 일어났다. 그리고 무심한 눈동자로 30대 중반의 여자를 응시했다.

"나 안 반가워?"

"······."

"그대로네, 신현우."

"······."

신현우가 뒤를 돌아보았다. 다행히도 두 딸이 잘 자고 있었다.

"나가서 이야기하자."

"지혜랑 지선이가 보고 싶어서 왔어."

순간 신현우의 눈동자 안에서 불꽃이 일었다.

"보고 싶어서 왔다고?"

"응. 당신도 보고 싶었어."

"······."

신현우가 아무 감정이 없는 표정으로 이른 아침부터 병원을 찾은 아내를, 아니, 전처를 쳐다보았다.

신현우가 모습을 드러내자 병원 로비가 소란스러워졌다. 이미 병원 내에서 신현우와 두 딸은 유명 인사였다.

"아저씨, 사인요! 또 해주세요! 학교 친구들이 부탁했어요!"

"저도요!"

중, 고등학교 여학생들이 신현우를 둘러쌌다. 심각한 분위기였지만 신현우는 미소를 잃지 않았다. 묵묵히 여학생들에게 사인을 해주었다.

"……."

그리고 그 모습을 전처인 안선혜가 유심히 지켜보고 있었다. 사인을 해주고 신현우가 아무런 말 없이 앞장을 섰다.

두 사람은 병원 근처 벤치에 앉았다.

"잘나가네, 당신."

안선혜가 먼저 말을 꺼냈다.

"……."

신현우는 대답이 없었다. 습관적으로 손이 안주머니로 향했다. 신현우는 아차 싶었다. 복귀를 선언하면서 유일한 낙이던 담배도 끊었다. 손이 괜스레 허공을 맴돌다 주머니로 돌아왔다.

"지선이가 많이 아프다면서? 기사 읽었어."

"……."

"병원비랑 수술비는 감당할 수 있는 거야? 아니네. 내가 괜한 걸 물었네."

라디오를 시작으로 MBS의 '우리는 가수다'와 KBN의 '2박 3일'에 출연한 신현우였다. 또 딸 지혜와 함께 찍은 코코아 광고도 TV에서 나오고 있었다.

"돌아가."

신현우는 자리에서 일어나며 말했다. 무미건조한 신현우의 한마디에 안선혜가 얼굴을 굳혔다.

"당신은 나한테 미안하지도 않아? 내가 왜 당신하고 이혼했는데? 그 잘난 자존심 때문에 처자식 고생만 시켰잖아. 기억 안 나?"

뾰족한 음성에 신현우가 고개를 돌렸다.

"기억나. 사과할게. 그때는 나도 어렸어."

진심이었다. 한때 락커라는 자존심 하나로 연명하며 살아온 신현우였다. 경제적으로 처자식을 고생시킨 건 사실이었다.

"지혜랑 지선이 내가 데리고 가서 키울게."

"……."

"아이들한테는 엄마가 필요해. 당신은 방송에만 집중해. 힘들게 얻은 기회잖아. 내가 도울게."

신현우가 픽 웃었다. 비웃는 것이 아니었다. 허탈했다. 어린 딸들을 버리고 나간 아내를 신현우는 이해하려 노력했다. 가끔 원망도 했지만 다 자신의 탓이라고 여겨왔다.

아이들을 위해서 돌아오라고 수없이 전화하고 문자를 보냈지만 지금까지 한 번도 답장이 없었다. 그런데 복귀를 함과 동시에 병원을 찾아왔다.

그간 붙잡고 있던 작은 신뢰마저 무너져 내리고 있었다. 신현우의 가슴속으로 부서져 버린 신뢰의 파편이 휘몰아쳤다.

"······."

"나도 알아. 당신 입장에서 충분히 그렇게 생각 들 수도 있어. 하지만 나도 지혜랑 지선이 없이 마냥 편하게 살아온 건 아니었어. 이제부터라도 엄마 역할을 하게 해줘."

안선혜가 눈물까지 글썽였다. 신현우는 한 남자이기 전에 아빠였다. 지혜는 몰라도 지선은 가끔 엄마를 찾곤 했다.

'아이들이 좋아할까?'

마음이 복잡해졌다. 그리고 안선혜가 이를 놓치지 않았다.

"현우 씨, 부탁할게. 응?"

"······."

신현우는 물끄러미 안선혜를 쳐다보았다. 그가 입을 열려는 찰나 구두 소리가 들려왔다.

검은색 뿔테 안경을 쓴 여자 한 명이 이쪽을 빤히 보며 다가오자 안선혜가 신현우를 쳐다보며 누구냐며 물었다.

신현우도 전혀 모르는 여자였다. 뿔테 안경을 쓴 여자가 신현우를 보며 입을 열었다.

"신현우 씨 맞으시죠?"

"네, 제가 신현우입니다."

"아, 맞으시구나. 본의 아니게 엿듣게 되었네요. 일단 죄송하다는 말씀부터 드릴게요."

신현우가 대답을 꺼내기도 전에 뿔테 안경의 여자가 안선혜를 슥 쳐다보았다.

"전 아내분 같은데, 맞나요?"

"그런데요. 그쪽은 누구시죠? 현우 씨와 무슨 사이에요?"

안선혜가 뿔테 안경 여자를 경계했다.

"한때는 팬이었고 오늘부터 알게 될 사이인데요?"

"뭐라고요? 그게 무슨 말도 안 되는 말이죠?"

"말이 안 되는 건 그쪽 아닌가요?"

"네?"

안선혜가 자리에서 일어났다. 뿔테 안경 여자도 물러서지 않았다.

"원래 남의 가정사에 끼어드는 건 아니지만 신현우 씨는 연예인이니까 팬 입장에서 한마디 할게요. 딸까지 버리고 떠난 분이 이제 와서 딸들을 데려가겠다는 건 너무 속 보이는 행동 아닌가요?"

"이봐요! 당신이 뭘 알아요?"

"두 분 사이에 있었던 일은 잘 모르죠. 제삼자니까요. 하지만 그쪽 행동이 개념을 밥 말아 먹은 행동이라는 건 충분히 알 것 같네요."

침묵이 감돌았다. 안선혜가 신현우를 쏘아보았다.

"당신 그새 여자 생긴 거였어?"

"......"

신현우의 얼굴이 굳었다. 그리고 짙은 실망감이 어렸다.

"지혜랑 지선이만 보게 해줘."

안선혜가 최후의 수단을 꺼내들었다.

"그만하자, 선혜야."

"뭘 그만해? 내 딸들이야!"

"너, 지혜랑 지선이가 받을 상처는 생각해 봤어?! 갑자기 떠나놓고 이렇게 갑자기 나타나면 애들은?! 애들한테 뭐라고 설명할 건데?!"

신현우가 소리쳤다. 안선혜가 주먹을 꾹 쥐었다.

"이제부터라도 내가 잘해주면 아이들도 이해해 줄 거야."

"아니, 내가 안 되겠어. 넌 항상 그런 식이었어. 아이들보다 항상 자기밖에 모르는 여자였지. 돌아가. 다시는 아이들 앞에 나타나지 마."

신현우는 냉정했다. 그 역시 미련이 없는 건 아니었다. 하지만 또 딸들에게 상처를 줄 수는 없었다.

"좋아, 그럼 기자들한테 연락할 거야. 당신이 아이들 못 만나게 한다고."

"그쪽, 아이 엄마 맞아요?"

뿔테 안경을 쓴 여자가 입술을 깨물며 말했다. 아이들을 놓고 협박하고 있는 엄마라니 기가 막히고 화가 났다.

신현우의 얼굴도 딱딱하게 굳어 있었다. 두 딸의 얼굴이 눈앞에 아른거렸다. 속이 시커멓게 타들어갔다.

"정말로 기자 부를 거야, 나."

그때였다. 정장 셔츠 위에 노란색 후드 티를 덧대어 입은 현우가 나타났다.

자매를 보고 오느라 한발 늦게 도착한 현우였다. 자세한 사정은 몰랐지만 대충 눈치를 챌 수가 있었다.

현우가 신현우의 앞을 가로막았다. 그리고 안선혜를 내려다보았다.

"기자를 불러도 좋고 기자회견을 하셔도 좋습니다. 하지만 그에 따른 각오는 하셔야 할 겁니다."

"……!"

안선혜가 현우를 보며 주춤거렸다.

"신현우 씨와 신지혜 양은 저희 어울림 엔터테인먼트와 전속 계약이 된 분들입니다. 어디 마음대로 해보시죠. 저와 저희 어울림 역시 최선의 방법을 다해 조치를 취하겠습니다. 그래도 그딴 소리 하시겠습니까?"

현우의 차가운 말에 안선혜가 얼굴을 찌푸렸다.

"지금 저를 협박하시는 건가요?"

현우가 피식 웃었다. 순간 현우의 얼굴이 사나워졌다.

"협박은 힘없는 사람들이나 하는 최후의 발악이죠. 저는 협박 따위는 하지 않습니다. 그리고 오늘은 이쯤에서 가시는 편이 좋을 것 같습니다. 제가 저희 로펌 쪽 변호사분들 줄줄이 소환하기 전에요."

"……."

안선혜가 주춤거렸다. 그리고 서둘러 핸드백을 챙겨 몸을 돌렸다. 인사도 없이 안선혜가 자리를 떴다.

신현우가 털썩 벤치에 주저앉았다. 그리고 멍하니 하늘을 올려다보았다. 현우도 아무 말 없이 신현우의 옆으로 앉았다.

"현우야, 미안하다. 그리고 고맙다."

신현우가 힘겹게 말을 꺼냈다. 현우는 물끄러미 신현우를 쳐다보았다. 마냥 강한 줄만 알고 있던 신현우가 많이 지쳐 보였다.

속절없이 시간이 흘렀다. 한참이나 시간이 흐른 후에야 신현우가 입을 열었다.

"현우야."

"네, 형님."

"한때는 정말 사랑한 여자였어. 그래서 더 힘들다."

신현우의 눈동자가 붉어져 있었다. 현우는 안타까웠다. 담배라도 피웠으면 한 개비 건넸을 텐데 현우도 회귀 이후로는 담배를 끊었다.

"왜 가만히 당하고만 계셨어요? 형님답지 않게요."

"아이들 엄마잖아. 그리고 내가 사랑하던 여자야. 나도 아빠지만 그 사람도 엄마야. 내가 뭐라고 정죄를 하겠어?"

"하지만 형님."

현우가 한숨을 삼켰다. 신현우가 이렇게까지 말하는데 안선혜라는 여자를 두고 더 뭐라 말할 수 없었다. 현우는 신현우가 더 안쓰러웠다. 딸들을 위해서라면 어떤 시련이라도 견딜 준비가 된 남자였다.

"그래도 네가 있어서 다행이야. 지혜랑 지선이 삼촌 계속해 줄 거지?"

"당연하죠, 형님."

"고맙다."

신현우가 현우의 어깨에 손을 올렸다.

"피우실래요?"

신현우의 앞으로 담배 한 개비가 불쑥 나타났다. 신현우가 고개를 들었다. 방금 전 홀연히 나타난 뿔테 안경 여자였다.

"앞에 편의점 가서 사왔어요. 피우세요. 여기 라이터도요. 아닌가? 성냥 사올걸. 성냥이 멋있잖아요."

신현우가 픽 웃었다. 도깨비 같은 여자였다. 갑자기 끼어들더니 이제는 또 언제 갔다 왔는지 담배도 사왔다. 그리고 갑자기 성냥 드립까지. 분위기는 마치 선생님 같은데 종잡을 수 없는 특이함이 있었다.

"지혜한테 걸리면 혼날 텐데."

"오늘 하루는 이해해 주겠죠. 제가 딸이라면 그럴 것 같아요."

"그렇습니까?"

자조 섞인 웃음을 흘리며 신현우가 담배를 입에 물었다. 현우가 얼른 불을 붙였다. 그리고 현우도 담배를 물었다.

"너도 피우게?"

신현우가 현우를 쳐다보며 놀랐다.

"혼자 피우면 맛이 없는 법이죠. 뭐, 한 대 피운다고 어떻게 되겠어요? 그리고 SNS 때문에 스트레스 받아서요."

담배 연기가 뭉게뭉게 허공으로 솟아올랐다. 현우는 핸드폰으로 SNS를 확인해 보았다. SNS는 놀이터가 되어 있었다.

송지유, 엘시와 함께 찍은 셀카를 확인한 i2i 멤버들이 질투가 났는지 본인들의 셀카를 마구 올려댔다. 엘시도 연달아 셀카를 올렸다.

그리고 이솔이 본인의 의도와 다르게 확인 사살을 했다. 미라이시 상회에서 운영하는 온천에서 머물 때 함께 찍은 셀카들을 올렸는데 덕분에 이슬 오타쿠들이 난리가 났다.

"이건 뭐 지들 사진첩도 아니고."

덕분에 현우를 향해 팬들의 시샘과 질투가 쏟아졌다. 김발놈을 비롯해 빨리 장가를 가라는 등의 귀여운 협박들이 쏟아지고 있었다.

"아! 잠깐만 제가 소개해 드렸어요, 형님?"

"아니."

신현우가 쓰게 웃으며 대답했다. 현우가 머리를 긁적였다.

"음, 여기 이분은 프아돌 메인 작가 하신, 그리고 지금은 무모한 형제들 메인 작가로 복귀하신 이진이 작가님이세요."

"작가 선생님이셨구나? 신현우입니다."

"이진이에요. 조금 전에는 제가 죄송했어요. 요즘 드라마 쓰는 게 있는데 갑자기 급 몰입이 되는 바람에 주제넘었네요."

이진이 작가가 손을 내밀었다. 신현우가 자리에서 일어났다. 이진이 작가의 고개가 덩달아 올라갔다. 가만히 살펴보니 잘생긴 걸 떠나서 특유의 우수에 젖은 분위기가 물씬 풍겼다.

"우리 현우, 잘 부탁드리겠습니다."

"제가 할 말이죠. 현우 대표님은 알아서 잘하시잖아요. 아까 보셨죠? 알아서 잘하실 분이에요. 조금 전에는 정말 김태식 같았어요."

"하하!"

신현우가 웃었다. 작가라더니 말도 재밌게 하는 여자였다.

"그런데 현우랑 병원에 오신 이유가 있습니까?"

"사전 인터뷰요."

신현우가 현우를 쳐다보았다.

"내가 거기에도 나가?"

'2박 3일'에 이어 '무모한 형제들'이라니. 신현우가 깜짝 놀랐다. 새삼 현우가 대단해 보였다. 현우가 담뱃불을 끄고 자리에서 일어났다.

"지혜도 출연할 것 같습니다, 형님."

"지혜도? 다행이네."

신현우가 마음을 놓았다. '2박 3일' 촬영 때도 어수룩한 아빠를 끌고 다니며 신지혜가 하드 캐리를 했다. 코코아 광고 때도 그랬다. 어린 딸이지만 믿음이 갔다.

"지혜만 나가면 다행이게요? 저도 나갑니다, 형님."

현우가 그렇게 말하곤 한숨을 내쉬었다.

"너까지? 무슨 프로젝트인데?"

"비밀이에요. 사전 인터뷰 진행할 거예요. 신현우 씨랑 따님께서 꼭 비밀 엄수해 주셨으면 좋겠어요. 부탁드려도 되죠?"

"알겠습니다, 선생님."

"선생님이요? 호호!"

이진이 작가 입을 가리고 웃었다.

"따님도 사전 인터뷰 진행할게요."

"예, 선생님."

신현우가 고개를 끄덕였다.

＊　　　　＊　　　　＊

MBS 일산 드림 센터. 오디션 장소엔 많은 아역 배우들이 부모님의 손을 잡고 찾아온 상태였다. 이미 얼굴이 알려진 유명 아역 배우들도 제법 보였다.

그리고 대기실 문이 열리고 현우와 신지혜가 손을 잡고 나타났다. 현우와 신지혜를 향해 아역 배우들과 부모들의 시선이 쏟아졌다.

"어머, 어머! 김현우 대표님?!"

"대표님, 안녕하세요!"

아역 배우의 엄마들이 순식간에 현우를 둘러쌌다.

"아, 예! 안녕하세요, 어머님들?"

"지혜죠? 신현우 씨 따님요!"

"네, 그렇습니다."

"지혜도 오디션 보러 온 건가요?"

"뭐, 그렇습니다."

"그렇구나. 대표님, 우리 아들 어때요?"

"예?"

현우가 멈칫했다. 갑자기 다른 엄마들도 아이를 들이밀기 시작했다. 현우는 일단 신지혜를 챙겼다.

"지혜야, 잠깐 저기 앉아 있을래?"

"응, 삼촌. 고생해."

"그, 그래."

현우가 쓴웃음을 머금었다.

"우리 딸인데요. 아이돌도 생각하고 있거든요. 가능할까요?"

"아이돌요?"

현우의 시선이 여자 아이에게로 향했다. 초등학교 3학년 정도 되는 아이였는데 얼굴 가득 불안함이 엿보였다.

"대표님한테 노래랑 춤 보여 드려 봐. 응?"

"어, 엄마, 창피해. 나 못해."

"뭐가 창피해? 너 김현우 대표님 TV에서 못 봤어?! 송지유 언니랑 엘시 언니 알지? 그리고 너 i2i 수정이 언니 좋아하잖아!"

"어, 엄마! 으앙!"

결국 여자아이가 울음을 터뜨렸다.

"뚝! 너 지금 일생일대의 기회가 찾아온 거야! 뚝 못 해?"

아이 엄마가 아이를 다그쳤다. 현우는 더욱 당황스러웠다.

"일단 오디션 시간까지 시간은 많습니다. 따님이 놀라신 것 같으니까 진정부터……"

"죄송해요! 잠시만요! 조금 이따가 올게요!"

현우 앞으로 엄마들이 아예 줄을 서 있었다. 현우는 곤란했다.

'태명이 시킬 걸 그랬다.'

현우는 내색하지 않고 아이들을 찬찬히 살펴주었다. 그러다가 아예 강연이 열렸다.

"아직 자제분들이 어려서 제가 섣불리 재능이 있다, 없다 평가 내리기가 어렵습니다. 어릴 적에는 취미로 생각하시는 게 좋을 겁니다. 아이가 강력하게 연예인이라는 직업을 원한다면 모를까, 연예인이라는 직업이 절대 선망의 대상만은 아니거든요. 얻는 게 큰 만큼 잃는 것도 큽니다. 어머님들이 잘 생각을 하셔야 합니다."

"그럴까요?"

"그럼요. 지유도 혼자서는 외출을 절대 못 합니다. 대학교 동기들도 잘 만나지 못합니다. 학업도 휴학한 상태고요. 스케줄이 바쁠 땐 지유도 많이 힘들어합니다. 세상 사람들의 시선이 있어서 말 한마디, 행동 하나하나에 늘 조심하는 편이죠. 그나마 지유는 멘탈이 강한 편이라 이 정도입니다. 하나는 매번 무대에 오를 때마다 소화제를 먹습니다. 잘 체하거든요."

"i2i 배하나 양도 그래요? 씩씩한 줄 알았는데… 그래도 돈은 많이 벌지 않나요? 지유 씨가 찍은 광고만 몇 갠데."

"돈 좋죠. 하지만 돈도 마음의 여유가 있어야 가치가 있는 법이죠. 치킨이 아무리 맛있다고 해도 매일 먹으면 그 가치가 있을까요?"

여기저기에서 엄마들이 고개를 끄덕였다. 현우가 살짝 웃었다. 기이한 열기가 조금씩 수그러들고 있었다. 그런데 몇몇 엄마는 실망한 기색이 역력했다. 현우에게 냉정한 연예계의 현실을 들었기 때문이다.

'내가 너무 기를 죽였나?'

괜히 미안해졌다.

"조만간 저희 어울림 엔터테인먼트에서 대대적인 공개 오디션을 열 겁니다. 생각 있으시면 그때 찾아오면 될 것 같습니다."

"정말요? 가산점 주시나요?"

"예? 그건 좀 그런데요?"

"농담이에요! 순진하시네? 호호!"

엄마들이 웃음을 터뜨렸다.

"근데 대표님 자상하시다. 우리 아이 아빠는요, 이런 이야기 하면 화부터 내거든요. 내가 결혼을 너무 빨리 했다."

"예?"

"어머, 당황하시는 거 봐! 귀여우시다!"

"가, 감사합니다."

"SNS 친구 신청 해도 될까요, 대표님?"

"저희도요!"

엄마들이 연이어 물었다. 현우가 고개를 끄덕거렸다.

"네, 뭐, 얼마든지요. 제가 SNS는 자주 하지는 않지만 댓글 많이 남겨주세요."

"네!"

엄마들이 돌아가고 현우는 잠깐 편의점으로 향했다. 핸드폰을 보니 벌써 아이 엄마들의 친구 신청이 와 있었다. 편의점에서 신지혜에게 줄 간식과 생수를 챙겨 나오며 현우는 SNS를 확인해 보았다.

며칠 전 i2i 멤버들이 연습실에서 현우를 몰래 찍어서 올린 사진 밑으로 새로운 댓글들이 달려 있었다.

—김발놈이라니요! 그런 말은 못써요! 우리 대표님 얼마나 자상하신데요! [소연맘]

—대표님^^ 오늘 좋은 이야기 감사했어요! 그런데 대표님을 놀리는 댓글들이 좀 보기가 그러네요? 욕이잖아요?^^ 여러분, 고운 말, 바른 말 쓰기! [재성맘]

—오디션 개최하면 꼭 찾아뵐게요! 오늘 감사했어요! 대표님

짱! 훈남! [민희엄마선영]

　─슈트 잘 어울리시는 우리 대표님! 영원히 팬이에요! [나희나
연맘]

　─김발놈, 김태식 말고 김피트 어떨까요? 김현우+브래드 피
트!^^ [박선희]

　─저는 김슈트가 좋을 것 같아요^^ [재성맘]

　─대표님~ 김밥이랑 음료수 배달도 시켜주시고 감사해요^^
제가 드린 오미자차 꼭 챙겨 드세요!*^^* [김공주]

　현우는 괜히 눈가가 먹먹해졌다. 어머니들이 김태식도, 김
발놈도 아니고 진심이 담긴 따뜻한 응원을 보내오고 있었다.

　"드디어 내 편이 생겼구나. 어머니는 위대하다!"

　아줌마 부대가 결성되는 순간이었다.

　"네가 신지혜야?"

　"응. 그런데?"

　여자 화장실 근처, 여자아이들 무리가 신지혜를 빙 둘러싸
고 있었다. 신지혜보다 머리 하나는 더 큰 여자아이가 신지혜
를 노려보고 있었다.

　"너, 나 누군지 몰라?"

　"알아. 너 MBS 어린이 대잔치에 나오잖아. 성희연."

"응, 내가 걔야. 그럼 내가 선배인거 몰라?"

여자아이들의 우두머리 격인 성희연이 신지혜를 몰아붙였다. 신지혜가 피식 웃었다. 아이답지 않은 농익은 비웃음에 성희연과 아이들이 잠시 당황했다.

"너, 선배를 비웃었어?"

"네가 왜 내 선배야? 너 기획사 있어?"

"아니, 없어."

성희연이 무심코 대답했다. 신지혜가 그럴 줄 알았다는 듯 고개를 휘저었다.

"난 어울림 엔터테인먼트 연습생이거든? 계약도 했어. 네가 우리 회사 다니는 것도 아닌데 왜 내 선배야?"

"내가 먼저 TV에 나왔잖아! 그러니까 선배야!"

"TV만 나오면 다 선배야? 그럼 내가 선배인데?"

"왜? 어째서?"

"우리 아빠가 1999년도에 데뷔했거든? 난 그때 아빠 몸속에 있었으니까 내가 선배지."

아이들이 웅성거렸다. 성희연의 얼굴이 벌게졌다.

"그, 그때 넌 태어나지도 않았잖아! 완전 억지야!"

"너도 억지 부렸잖아. 내가 어린이 대잔치에 출연한 것도 아닌데 네가 왜 선배야? 출연하게 되면 그때 선배라고 불러줄게."

"희연아, 그럼 되겠다."

"바보야! 그게 아니잖아! 쟤가 왜 우리 프로에 나와?"

성희연 무리에 균열이 생기기 시작했다.

"네가 뭔데 나를 못 나오게 해? 우리 아빠 불꽃 락커 신현우야. 그리고 우리 삼촌이 어울림 엔터테인먼트 대표 김현우야. 알겠어? 그리고 나는 지유 언니랑 코코넛 톡도 하거든. 볼래?"

신지혜가 핸드폰을 들이밀었다. 순간 성희연 무리가 쥐 죽은 듯 조용해졌다.

"미안해, 지혜야."

성희연 무리 중 한 명이 신지혜 쪽으로 왔다.

"지, 지유 언니랑 통화할 수 있어? 엘시 언니는?"

"응, 다 해줄게. 이름은?"

"나? 오수정."

"거짓말하지 마! 너 다 뻥이지?"

성희연이 따지고 들었다.

"내가 왜 거짓말을 해? 난 착한 어린이거든?"

"그럼 전화해 봐!"

"전화하면 사과할 거야?"

"어? 응!"

성희연이 벌게진 얼굴로 소리쳤다. 신지혜의 한쪽 입꼬리가 올라갔다. 덫에 제대로 걸려들었다.

"응, 기다려 봐."

신지혜가 얼른 전화를 걸었다. 그렇게 신호가 가고 누군가가 전화를 받았다.

"지유 언니? 언니! 나 지혜!"

―응.

"언니 또 잤어?"

―응. 언니 졸려, 지혜야.

명백한 송지유의 목소리에 장내가 얼어붙었다. 성희연이 눈을 크게 떴다.

"언니, 나 삼촌이랑 오디션 보러 왔는데 친구 생겼어! 친구가 언니랑 통화하고 싶대!"

―응, 바꿔줘.

여자아이들의 시선이 신지혜가 들고 있는 핸드폰으로 향했다. 다들 간절한 눈빛을 하고 있었다.

신지혜가 천천히 애를 태우며 아이들을 골랐다. 그러더니 대뜸 성희연에게 핸드폰을 내밀었다.

"나, 나?"

"응, 너 희연이."

성희연이 얼른 전화를 받았다.

"여, 여보세요? 지유 언니세요?"

―응. 우리 지혜 친구구나? 이름이 뭐니?

"서, 성희연입니다! 언니, 좋아해요! 팬이에요! 저 어린이 대잔치에서 노래도 하고 그래요!"

—그러니? 착하다. 우리 지혜랑 친하게 잘 지낼 수 있지?

"네!"

—그래, 그럼 나중에 지혜랑 놀러 와.

"네!"

—지혜 바꿔줄래?

성희연이 핸드폰을 신지혜에게 건넸다.

"응, 언니. 고마워. 잘 자. 응."

뚝.

전화가 끊겼다. 성희연의 얼굴이 감동으로 젖어 있었다. 송지유와 통화하는 영광이 자신에게 돌아왔다.

"지혜야, 미안해. 내가 잘못했어. 그리고 지유 언니가 너랑 친하게 지내라고 했어. 우리 친하게 지낼 수 있을까?"

성희연이 쭈뼛거렸다. 고개도 제대로 들지 못했다. 신지혜가 씩 입가를 올렸다. 모든 아이들이 오직 신지혜의 처분만을 기다리고 있었다.

신지혜가 오만한 눈동자로 아이들을 쳐다보았다. 그러더니 해맑게 웃으며 말했다.

"너희 녹화 끝났다며? 아이스크림 같이 먹을래? 삼촌이 사 줄 거야."

"어? 응? 나랑? 진짜?"

"응, 희연이 너랑 전부."

"고마워!"

너무 기쁜 나머지 성희연이 눈물까지 훌쩍였다.

"고맙기는. 우리 오늘부터 친구인데."

신지혜가 헤헤 웃었다. 어느새 성희연과 오수정에 이어 다른 아이들까지 신지혜에게 둘러붙기 시작했다.

한편, 현우는 벽 쪽에 숨어 아까부터 이 광경을 지켜보고 있었다. 중간에 나설까 고민도 몇 번 했지만 아이들 싸움에 끼어드는 건 아닌 것 같아 자제하고 있었다.

현우는 신지혜의 처세술을 보며 혀를 내둘렀다.

'우리 어울림에 불여우가 들어왔구나.'

자꾸만 웃음이 나왔다.

현우가 적당하게 타이밍을 맞춰 모습을 드러내었다.

"여기 있었구나? 한참 찾았네."

"삼촌, 어디 갔었어?"

신지혜가 현우의 허리춤으로 안겼다. 그리고 아이들을 슥 쳐다보았다. 성희연과 오수정 등 아이들이 부러운 눈동자로 신지혜와 현우를 번갈아 쳐다보고 있었다.

"여긴 우리 삼촌 김현우 대표님. 다들 알고 있지?"

"안녕하세요, 대표님?"

신지혜의 소개에 여자아이들이 일제히 인사를 해왔다. '어린이 대잔치'에 출연하고 있었고, 드라마에 출연한 경험이 있는 아이들인지라 현우를 쳐다보는 눈빛이 벌써부터 달랐다.

선망과 동경의 눈빛들이 쏟아졌다. 현우가 피식 웃었다.

"반가워, 얘들아. 나는 김현우라고 해. 지혜랑 친하게 지냈으면 좋겠다."

"네! 저희 친구하기로 했어요!"

성희연이 신이 나서 대답했다.

"그래, 고맙네. 너희들도 연예인이 장래 희망이지?"

"네!"

아이들이 입을 모아 대답했다. 현우가 고개를 끄덕거렸다.

"대표님이 한마디만 할까? 연예계도 그렇고 어디든 선의의 경쟁이 제일 중요한 법이야. 남을 짓밟고 올라서면 언젠가 자신도 누군가에게 짓밟히는 게 세상의 이치거든. 남을 이기려고 하지 말고 스스로를 이기려고 하면 좋은 결과가 나올 거야."

"네, 대표님."

성희연처럼 현우의 조언을 알아듣는 아이들도 있었지만 대부분의 아이들이 멀뚱멀뚱 현우를 쳐다보고 있었다. 현우가 머리를 긁적였다.

"너무 어려운 말이었나? 쉽게 말하자면 다들 친구처럼 친하게 지내라 이거지. 그런 의미에서 아이스크림 사줄까?"

"네!"

아이들이 신이 났다. 그리고 현우와 신지혜의 뒤를 졸졸 따르기 시작했다. 현우는 근처 아이스크림 전문점에서 두둑하게 한턱 쐈다.

아이스크림에 집중하고 있는 모습을 보니 역시 어린 아이들이라는 생각이 들었다.

"맛있어?"

"응, 삼촌이 최고야."

"아빠보다?"

"그건 아니야. 더 노력해."

현우가 씩 웃고는 손목시계를 확인했다. 신지혜의 차례까지 아직 시간이 남아 있었다. 조촐한 아이스크림 파티가 끝날 무렵 현우가 조용히 입을 열었다.

"다음에 또 보기로 하고, 조만간 우리 어울림에서 공개 오디션을 개최할 거야. 관심 있는 친구들은 언제든 환영이니까 참고들 해."

"네!"

*   *   *

"117번 신지혜 양! 신지혜 양?"

"여기 있어요!"

신지혜가 얼른 손을 들었다. 그러고는 현우를 쳐다보았다.

"삼촌, 나 다녀올게."

"떨어져도 되니까 하고 싶은 것만 다 하고 와. 삼촌 말 알지?"

"응. 그리고 나 안 떨어지거든?"

신지혜가 제작진을 따라 오디션 장소 안으로 들어갔다. 현우도 같이 들어가고 싶은 마음이 굴뚝같았지만 차마 그럴 순 없었다. 오디션은 오디션이었다.

이른 아침부터 오디션 장소로 사용되고 있는 회의실에는 피곤함이 짙게 어려 있었다. 지금까지 100명이 넘는 지원자들을 봤지만 제작진의 마음에 드는 아역 배우를 찾을 수 없었다.

이번에 새롭게 투입될 아역은 기존의 아역과는 그 성격이 달랐다. 보통 드라마에서 아역 배우들이 귀엽고 깜찍한 외모와 연기로 감초 역할을 한다면 이번에 뽑을 아역은 시청자들로 하여금 원성을 자아내게 해야 했다.

아역치곤 흔하지 않은 악역을 연기해야 했다.

"이거 쉽지가 않네. 대체 어디서 연민정이랑 판박이인 아역을 찾으라는 거야? 그게 가능해?"

최태우 피디가 길게 한숨을 내쉬었다. 어제도 늦게까지 촬영했다. 피곤해서 죽을 맛이었다.

MBS의 토일 주말극 '신(新) 콩쥐팥쥐전'은 시청률 40%를 목전에 두고 있었다.

시청률의 중심에는 서유희가 열연을 펼치고 있는 연민정이 존재했다. 그리고 오늘 안으로 반드시 연민정의 숨겨진 딸 역할을 연기할 아역을 뽑아야 했다.

시청률이 높은 만큼, 그리고 서유희의 악랄한 연기가 절정에 달한 만큼 딸 역을 맡을 아역 배우도 매우 중요했다. 비중도 제법 커서 유명 아역 배우들에게도 캐스팅 제안을 했지만 문제는 '악역'이라는 사실이었다.

유명한 아역 배우들은 악역 연기를 꺼렸고, 신인 아역 배우들을 뽑으려고 하니 여러모로 문제가 많았다.

그때 신지혜가 오디션장의 중앙으로 섰다. 최태우 피디의 눈동자가 빛났다.

"혹시 불꽃 락커 신현우 씨의 따님인가요, 신지혜 양?"

"네. 저희 아빠예요. 아빠랑 코코아 광고도 찍었는데 보셨어요, 피디님?"

"코코아 광고요? 물론 봤죠."

"그 광고, 인기 엄청 많다고 들었는데."

"그래요? 하하!"

신지혜의 당돌함에 피곤함으로 찌들어 있던 오디션 장소에 활기가 돌기 시작했다. 황인옥 작가의 보조 작가인 고미수 작가도 신지혜에게 관심을 보이기 시작했다.

일단 신지혜의 외모는 지금까지 오디션을 본 지원자 중에 최고였다.

귀엽고 상당히 예뻤으며 황인옥 작가가 원하는 여우상이었다. 비주얼로 봤을 때는 연서희 역할로 제격이었다.

문제는 연기력이었다. 고미수 작가가 신지혜를 향해 물었다.

"지혜 양, 대본은 읽을 줄 알아요?"

"네! 대본 볼 줄 알아요! 저 연습했어요!"

스태프가 얼른 준비된 대본을 신지혜에게 전해주었다. 최태우 피디가 '신(新) 콩쥐팥쥐전'의 대본을 펼쳤다.

"43페이지를 펴볼래요?"

"네!"

"이해할 수 있겠어요? 설명해 줄까요?"

최태우 피디는 친절하게 물었다.

43페이지에 나와 있는 장면은 연민정 딸 연서희가 자신을 버린 엄마를 처음으로 마주하는 장면이었다.

상당한 연기력과 더불어 연민정의 딸임을 확실히 보여주어야 하는 그런 장면이었다.

"지혜 양?"

잠시 생각에 잠겨 있던 신지혜가 고개를 들었다.

"설명해 줄까요?"

"아뇨. 저 이런 심정 잘 알아요."

"그래요? 그럼 편안하게 해보세요."

"연민정 역할은 작가 선생님이 해줄게요."

"네."

신지혜는 말이 없었다. 초등학교 4학년짜리 여자아이가 감정을 잡는 모습에 고미수 작가는 내심 감탄했다.

몰입을 한 신지혜가 고미수를 빤히 쳐다보았다. 그리고 첫 대사를 쳤다.

"언니가 내 엄마예요?"

"누가 네 엄마야? 내가?"

고미수 작가가 능숙하게 대사를 받아쳤다. 최태우 피디를 비롯한 조연출들이 살짝 실망했다.

돋보이는 외모와 다르게 연기력은 평범해 보였다. 고미수 작가도 같은 생각을 하고 있었다.

그런데 그 순간 신지혜의 분위기가 달라졌다. 어린아이로부터 싸한 분위기가 풍겼다.

"엄마잖아요. 언니가 내 엄마잖아요."

"내가 왜 네 엄마야? 여기가 어디라고 찾아온 거니? 당장 돌아가."

"못 가요."

나지막한 목소리와 함께 신지혜가 고미수 작가를 노려보았다. 원망과 증오가 섞인 서늘한 시선에 고미수 작가가 눈을 크게 떴다. 최태우 피디도 깜짝 놀랐다.

"가! 경찰 부르기 전에!"

"경찰 불러요! 부르라고! 시골에 나 버리고 갔잖아! 내가 경찰을 무서워할 것 같아?"

눈물 하나 흘리지 않았다.

감정의 동요도 크게 없었지만 독기 어린 눈동자가 지켜보는 이들의 마음을 저릿하게 만들었다.

"엄마… 보고 싶었어요."

신지혜가 결국 감정을 견디지 못하고 주르륵 눈물을 흘렸다. 그리고 마지막 대사는 대본에 없는 애드리브였다.

"죄송해요. 제가 갑자기 슬퍼져서 울었어요."

얼른 눈물을 닦으며 신지혜가 사과를 해왔다. 고미수 작가가 고개를 저었다. 그리고 최태우 피디가 조용히 박수를 쳤다.

그토록 찾던 연민정의 딸을 찾아내었다.

"저, 나갈까요?"

"아뇨, 조금만 기다릴래요?"

"네!"

신지혜가 밝은 얼굴을 했다.

작은 의자에 앉아 주변을 살피고 있는 신지혜를 보며 최태우 피디와 고미수 작가가 의논을 시작했다.

"작가님, 어떠셨어요? 전 신지혜 양이 제격인 것 같습니다. 외모도, 연기도 훌륭하고 무엇보다 신현우 씨 딸이지 않습니까? 어울림이 데리고 있는 연습생이기도 하고요. 여러 가지로 큰 플러스가 될 겁니다."

최태우 피디가 내놓고 자신의 의견을 피력했다.

사실 오디션을 보기 전에도 신지혜를 주목하고 있었다.

요즘 한창 주가를 올리고 있는 불꽃 락커의 딸이다. 그리고 어울림 엔터테인먼트의 연습생이기도 했다.

무엇보다 어울림엔 서유희가 존재했다.

만약 신지혜가 연민정의 딸 역을 맡게 된다면 한 번 더 화제 몰이를 할 수 있었다.

시청률 40%를 돌파하는 것에도 도움이 될 것이 분명했다.

가만히 생각하고 있던 고미수 작가도 입을 열었다.

"피디님, 지혜 양으로 해요. 저도 마음에 들어요. 황인옥 선생님도 마음에 쏙 들어하실 것 같아요."

"예, 작가님. 탁월한 선택이 될 겁니다. 하하!"

　　　　　*　　　　　*　　　　　*

　철컥.

　문이 열리고 신지혜가 나타났다. 핸드폰을 들여다보고 있던 현우가 벌떡 일어섰다.

　"지혜야?"

　"삼촌, 나 왔어."

　신지혜가 의미심장한 미소를 짓고 있었다. 주변에 시선이 많았다.

　오늘 오디션에 참가한 지원자는 무려 150명이었다.

　아직 지원자들이 남아 있었기에 현우는 얼른 신지혜의 손을 잡고 오디션 장소를 벗어났다.

　차에 올라타자마자 신지혜가 헤헤 웃기 시작했다.

　"너, 붙었어?"

　"웅! 피디 아저씨랑 작가 선생님이 비밀로 해달라고 했어! 내가 연서희 역할 하게 될 거랬어!"

　"잘했다! 잘했어! 하하!"

　현우가 크게 웃었다. 신지혜가 과연 어떤 연기를 펼쳤을지 궁금할 정도였다.

　"내가 안 떨어진다고 했지?"

　"그래, 그랬지. 잠깐, 전화다."

최태우 피디였다. 현우가 얼른 전화를 받았다.

"최 피디님, 접니다. 지혜한테 방금 이야기 들었습니다. 감사합니다."

─대표님, 감사는요. 저희가 오히려 감사를 해야 할 판입니다. 지혜 양 말인데요, 보통 재능이 아닙니다. 연기를 아주 잘합니다. 꼭 유희 씨를 보는 것 같더군요. 벌써부터 기대가 됩니다. 하하!

"잘 봐주신 거죠. 고생 많으셨습니다. 아직 지원자가 남아 있던데 마지막까지 최선을 다해주십시오."

─당연히 그래야죠. 그리고 백룡영화제 잘 봤습니다. 외람된 말씀이지만 김세희 씨랑 난 열애설은 사실이 아니죠?

"절대 아닙니다."

현우가 정색을 했다. 최태우 피디도 아차 싶었다.

─예, 알겠습니다. 그럼 언제 시간 내서 촬영장 한번 놀러 오시죠. 대표님이 오신다면 언제든 기다리고 있겠습니다.

"조만간 찾아뵙겠습니다. 감사합니다, 피디님."

툭.

전화가 끊겼다.

"삼촌, 나 정말 연기 잘했대?"

"응, 훌륭했다고 하시네. 그래도 자만하면 안 된다. 무슨 말인지 알지?"

"알지."

"그래, 착하다. 점심 먹고 들어갈까?"

"병원으로 갈래. 지선이가 나 기다릴 거야. 나도 보고 싶어."

"그래, 그러자."

현우는 신지혜가 기특했다.

첫 오디션에 합격했다. 맛있는 음식이라도 먹고 싶을 텐데 병원에 있는 동생부터 챙기고 있었다.

현우가 시동을 켰다.

*　　　　*　　　　*

병원 주차장에 주차를 하고 현우는 신지혜와 함께 병원 로비로 들어섰다. 그런데 별안간 신지혜가 걸음을 멈추었다.

"왜, 지혜야?"

순간 현우의 얼굴이 굳었다. 신현우의 전처이자 신지혜의 엄마인 안선혜가 앞을 가로막고 있었다. 안선혜의 시선이 신지혜에게로 향했다.

"지혜야, 엄마야. 엄마 기억나니?"

"……"

신지혜는 아무런 대꾸도 하지 못했다.

"무슨 일입니까? 이야기는 그때 끝난 걸로 알고 있습니다만."

현우가 딱딱하게 말했다. 안선혜가 현우를 똑바로 쳐다보며 입을 열었다.

"지혜랑 지선이를 한 번 정도는 보고 싶었어요. 이것도 문제가 되나요?"

"형님이랑 사전에 말씀은 나누신 겁니까?"

"아뇨. 내가 엄마인데 아이들 보는 것까지 일일이 허락을 받아야 하나요? 김현우 대표님, 그쪽이 나설 일이 아니에요. 그리고 오늘은 그냥 아이들이 보고 싶어서 온 거예요. 별다른 의도는 없어요."

"……."

이렇게까지 나오는데 현우도 더 이상 할 말이 없었다. 무엇보다 곁에 신지혜가 있었다. 신지혜에게 상처를 줄 수는 없었다.

"지혜야, 엄마야. 이리 와볼래?"

안선혜가 손을 뻗었다. 신지혜가 현우의 손을 놓았다. 그러고는 망설였다.

"엄마가 미안해. 지혜를 너무 늦게 만나러 왔어."

"……."

신지혜가 안선혜를 슥 쳐다보았다.

"지혜야?"

"난 엄마 없어요. 아줌마가 왜 내 엄마예요? 지선이 아플 때도 없었잖아요?"

안선혜가 당황해했다. 신지혜는 여기서 그치지 않았다.

"가요. 나는 엄마 필요 없어요. 아빠만 있으면 되니까요."

"……"

"우리 아빠 이제 돈 많으니까 돈 때문에 찾아온 거죠? 그런 거죠? 그러니까 가요!"

신지혜가 뾰족하게 소리쳤다.

결국 현우가 나섰다.

"오늘은 그만 돌아가시죠. 계속 여기 서서 지혜한테 상처를 주실 생각입니까?"

"……"

안선혜는 대답이 없었다.

그녀의 표정에 짙은 허망함이 어렸다.

그 표정이 너무 애달파 현우도 더 이상 뭐라 말하지 못할 정도였다.

"……"

안선혜는 결국 힘없이 돌아서야 했다. 병원 로비를 벗어나는 안선혜를 현우는 가만히 지켜만 보았다.

안선혜가 시야에서 사라지자 신지혜가 주르륵 눈물을 흘리며 바닥에 주저앉았다. 그러고는 엉엉 대성통곡을 했다.

'후우.'

현우는 그런 신지혜를 가만히 일으켜 주었다. 신지혜가 와락 현우에게로 안겼다. 한참을 울던 신지혜가 울음을 멈췄다. 그리고 조용히 현우를 불렀다.

"삼촌."

"응."

"나 못됐지?"

"아니."

"아니야. 나 못됐어. 사실 나 매일매일 엄마 보고 싶었는데 엄마한테 못되게 굴었어. 그런데 엄마는 나쁜 사람이잖아. 아빠랑 나랑 지선이 버렸잖아. 그래서 그랬어."

"……"

현우는 대답 대신 한숨을 삼켰다. 이런 상황에서 어떤 위로를 해줘야 할지 어려웠다.

"삼촌."

"응."

"나 유명해지고 돈 많이 벌어서 아빠랑 지선이 행복하게 해 줄 거야. 엄마보다 더."

"그래, 그러자. 지혜는 똑똑하니까 잘할 거야."

현우는 그저 신지혜의 작은 등을 쓰다듬어 줄 뿐이었다.

"삼촌."

"응."

"지선이가 엄마 못 보게 해줘. 지선이도 엄마를 보면 슬퍼할
거야. 삼촌은 못 하는 게 없잖아. 그러니까 부탁하는 거야."

"그래, 삼촌이 약속할게. 그러니까 뚝 하자. 아빠가 보면 속
상해할 거야."

현우는 굳게 다짐했다. '삼촌'이라는 단어의 무게가 새삼 무
겁게 느껴지는 순간이었다.

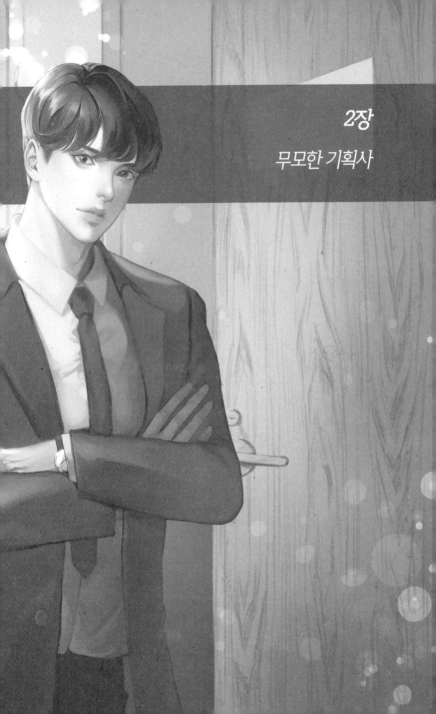

2장

무모한 기획사

　백룡영화제를 성공적으로 마무리했지만 어울림 엔터테인먼트는 여전히 바빴다. 연말 공중파 가요제를 비롯해 각종 음원 시상식이 연달아 기다리고 있었고, 그 준비로 정신이 하나도 없었다.

　그리고 신지혜가 성공적으로 '신(新) 콩쥐팥쥐전'에 합류했다. 첫 출연 후 포털 사이트엔 신지혜에 대한 기사가 줄을 이었다.

　당근 쿠키를 입으로 가져가며 현우는 노트북을 들여다보고 있었다.

[신지혜, 연민정의 숨겨진 딸 연서희로 첫 출연!]

[시청자 울린 신지혜의 연기에 호평 줄이어!]

[제2의 서유희? 신지혜, 11살답지 않은 연기력!]

[아빠는 불꽃 락커, 딸은 불꽃 연기! 신지혜!]

―어제 연서희 연기력 미침. ㅋㅋ 리틀 연민정. ㅋㅋ

―리틀 연민정 ㅇㅈ

―연민정이 더블!

―연기 진짜 잘하던데? 특히 연민정, 시퍼렇게 쳐다보면서 왜
버렸냐고 대들고 따지는데 할 말을 잃었음.

―우리 할머니도 조그마한 게 되바라지고 귀엽다고. ㅋㅋ

―어울림 연습생이라더니 배우로 키울 모양?

―배우로 키워도 충분할 듯. 연기력이. ㄷㄷ

―예쁘고 귀엽고 심지어 아빠가 신현우. ㅠㅠ

―삼촌도 김현우임; 부러워. ㅜㅜ

커뮤니티마다 신지혜와 서유희가 팽팽하게 대립하는 장면
이 따로 명장면이라 불리며 짤로 돌아다닐 정도였다.

"형님 선택이 옳았던 것 같습니다. 흐흐."

"촬영장에서는 어때?"

"지혜요? 잘하죠. 분위기 메이커입니다. 다들 지혜 재롱 보

는 재미로 촬영한다니까요? 선생님들 사랑도 독차지하고 있습니다."

"그래?"

현우가 김철용을 보며 피식 웃었다. 신지혜다웠다. 마음만 먹으면 그 누구에게라도 사랑받을 수 있는 그런 아이였다.

신현우의 앨범도 순조롭게 제작되고 있었고, 신지혜도 아역 배우로서의 첫걸음을 훌륭하게 내디뎠다. 안선혜가 조금 걸리기는 했지만 그날 신지혜와 마주친 이후로 더 이상 나타나지 않고 있었다.

'그래도 혹시 몰라.'

그렇다고 마냥 마음을 놓을 수는 없었다. 현우는 아무나 함부로 접근할 수 없도록 신지선의 병실을 아예 1인실로 옮겨 버렸다.

똑똑.

노크와 함께 대표실 문이 열렸다. 최영진이 고개를 내밀었다.

"형님, 다 모였습니다!"

"오케이. 철용아, 나가자."

"예, 형님."

오랜만에 어울림의 모든 식구가 3층 사무실에 모였다. 저번 백룡영화제 뒤풀이 이후로 처음이었다.

현우가 팔짱을 낀 채 어울림 식구들을 눈에 담았다.

"오늘 우리 식구들을 다 모이라고 한 건 연말 일정이 추가가 되었기 때문입니다."

보통 다른 기획사였다면 한숨과 함께 한탄이 쏟아져 나왔겠지만, 어울림 식구들은 달랐다. 오히려 기대하고 있었다.

송지유와 엘시는 현우와 함께 저번 미팅에 참석해서 현우가 무슨 말을 할지 이미 다 알고 있었다.

현우가 조용히 입을 열었다.

"무모한 형제들에 출연할 겁니다."

"진짜요? 나이스!"

i2i 멤버들이 환호성을 질렀다. 현우가 피식 웃었다.

"일본어 공부가 그렇게 재미없나?"

"공부잖아요. 공부하기 싫어서 가수 한 건데. 힝."

배하나가 툴툴거렸다. 현우는 어이가 없었다. 공부하기 싫어서 가수를 했다니, 정말 배하나다운 발상이었다.

그러다 사무실에 정적이 어렸다. 현우가 대상을 지칭하지 않았기 때문이다. i2i의 리더인 김수정이 손을 높이 들었다.

"수정이, 말해봐."

"누구누구 출연해요? 지유 선배님이랑 엘시 선배님이 출연하시는 거예요?"

"응, 그렇지."

"그리고 저희들도요?"

"응, 그렇게 됐어."

"나이스! 간만의 예능이다!"

일본 진출을 위해 활동을 쉬고 있던 i2i 멤버들이 오랜만의 예능 출연에 진심으로 기뻐했다. 현우가 피식 웃으며 말을 이어갔다.

"지유, 다연이, i2i, 그리고 우리 어울림 식구 전부 무모한 형제들에 출연하게 될 것 같아."

"예? 그럼 저도요, 형님?"

최영진이 물었다.

"당연하지. 넌 우리 어울림 식구 아니냐?"

"정말이죠, 형님?"

"그래."

"고향에 계시는 부모님이 좋아하시겠는데요? 하하!"

최영진이 정말로 좋아했다. 서유희의 매니저인 김철용도 그랬다. 고석훈만이 얼떨떨한 표정이었다.

"그런데 이번 기획이 뭔데요, 오빠?"

김은정이 물어왔다. 백룡영화제에서 한복 드레스가 큰 인기를 얻으면서 김은정도 셀럽으로 등극했다. 개인 WE TUBE 채널을 개설해서 뷰티 쪽에서 큰 인기를 얻어가고 있었다. 구독자 숫자도 벌써 10만 명이 넘은 상태였다.

"무형 가요제 이런 거예요?"

그럴듯한 추리였지만 현우는 고개를 저었다.

"아~ 뭔데요? 궁금해 죽겠다!"

"궁금해?"

"네!"

i2i 멤버들이 입을 모아 소리쳤다.

"궁금하면 500원."

현우가 짤막하게 말했다. 현우의 싱거운 농담에 여기저기에서 원성이 쏟아졌다.

*　　　*　　　*

"춥다, 추워."

11월에 중순에 접어들자 날씨는 급격하게 추워졌다. 이미 날도 어둑어둑했다. 토요일 저녁까지 잔업을 하고 집으로 돌아가는 길, 김순호는 정류장에 서서 버스를 기다리고 있었다.

지나가는 버스 안에는 다정한 커플들이 보였다. 추운 날 기껏해야 마을버스 안에 타고 있으면서 뭐가 그리 행복한지 김순호는 이해가 가지 않았다. 그러면서도 마음이 한구석이 시렸다.

"……."

핸드폰은 오늘도 인터넷 서핑용이었다. 괜히 여기저기 코코넛 톡 친구 목록을 살펴보다 패딩 주머니로 핸드폰을 넣었다.

버스를 타고 집으로 돌아가는 길에 김순호는 창밖을 바라보았다. 연인끼리, 혹은 가족끼리 다니는 사람들 속에서 김순호는 외로웠다. 문득 고향에 계시는 부모님과 친구들이 생각났다.

'집에 가는 길에 뭐라도 사갈까?'

월세에 공과금, 핸드폰 요금, 그리고 매달 부모님께 드리는 용돈까지 연달아 생각나자 입안이 썼다. 나름 열심히 산다고 살아왔는데 32살의 자신은 12살 때 그리던 미래와 많이 달랐다.

코코넛 톡을 확인해 보니 친구들이 단체 톡을 주고받고 있었다.

[감주 갈 파티 인원 모집함!]

[ㅋㅋ, 32살 아재가 뭔 감성 주점이냐?]

[32살이 뭔 아재야?]

[난 집에 간다. 피곤해.]

[젊을 때 놀아야지! ㅉㅉ]

[김순호는 왜 답장이 없어? 뭐 하냐? 토요일에도 일하냐?]

[일하겠지. 김순호는. ㅋㅋ]

답장을 할까 망설이다 그만두고 말았다. 일할 땐 일하고 쉴 땐 쉬는 친구들이 문득 부러워졌다.

'나도 이런저런 고민 없이 자유롭게 살아볼까? 직장부터 그만둬?'

쓸데없는 생각에 김순호가 한숨을 내쉬었다. 버스에서 내린 김순호의 발걸음이 테이크 아웃 치킨 가게 앞에서 멈추었다.

토요일만 되면 매번 버스에서 고민하곤 했다. 편하게 비싼 브랜드 치킨을 시켜서 먹을 것인가, 아니면 차갑게 식어도 싸고 효율이 좋은 테이크아웃 치킨을 살 것인가? 늘 그렇듯 결론은 테이크아웃 치킨이었다.

9,000원을 내고 치킨을 포장한 김순호는 근처 마트에서 맥주 피처도 하나 사서 집으로 향했다.

삐삐.

문을 열고 들어가자 냉기가 김순호를 반겼다. 얼른 불을 켠 다음 김순호는 대충 세수를 했다.

그리고 컴퓨터 책상 앞에 치킨과 맥주를 깔았다.

'이젠 이것도 그저 그렇구나.'

큰맘 먹고 치킨에 맥주까지 사왔건만 기쁨은 딱 돈을 지불할 때뿐이었다. 컴퓨터를 켜서 오랜만에 게임을 해볼까 하다가 그것마저 관두었다. 게임도 이제는 재미가 없었다.

'토요일 하루도 이렇게 가고 일요일도 잠만 자다 하루가 가겠지.'

권태롭고 무료했다. 소개팅을 해볼 거냐며 며칠 전에 친구가 후배의 사진을 보내왔다.

'28살이랬지?'

코코넛 톡을 확인해 보니 후배라는 여자의 사진이 보였다. 나쁘지 않았다. 아니, 예쁜 편이었다. 휘황찬란한 카페에서 찍은 사진이었다.

'소개팅할까?'

연애를 몇 번 해본 적이 있다. 헤어진 여자 친구들과의 좋았던 기억과 나빴던 기억들이 하나둘 떠올랐다.

'뭐, 똑같겠지.'

여러모로 귀찮을 것 같아 흥미가 떨어졌다. 다시 무료함이 몰려왔다. 그러다 문득 TV로 시선이 갔다. 김순호는 별 기대감 없이 TV를 켰다.

'응? 무형?'

때맞춰 무모한 형제들이 막 시작한 상태였다. 그런데 오늘은 조금 달랐다. 익숙한 MBS 방송국 앞도, 스튜디오도 아니었다. 그리고 무형 멤버들이 보이지 않았다. 대신 생소한 건물이 덩그러니 모습을 드러내고 있었다.

화면에 떠오른 로고를 살펴보던 김순호가 눈을 크게 떴다.

"무모한 기획사?"

*   *   *

토요일 오후 6시. 현우를 비롯한 어울림 식구들도 1층 카페에 모여 모니터링을 준비하고 있었다. 치킨이며 피자 같은 배달 음식과 음료가 테이블 위에 잔뜩 깔려 있었다. 그리고 시청자 반응을 살펴보기 위한 노트북도 여러 대 준비되어 있었다.

얼마 전에 구입한 커다란 TV 위로 '무모한 형제들'의 로고가 떠올랐다.

"한다! 방송해요!"

직원 이혜은이 방송의 시작을 알렸다.

카메라가 어울림 3층 사무실을 비추고 있었다. 늘 그렇듯 어울림 엔터테인먼트 직원들은 일을 하느라 바빴다.

딸랑딸랑.

문이 열리고 말끔한 슈트 차림의 최영진이 나타났다.

"오! 우리 영진 오빠, 좀 멋있다?"

"멋있다! 최영진!"

i2i 멤버들이 슈트를 차려입은 최영진에게 엄지를 척 들어 보였다. 노트북을 보고 있던 최영진도 엄지를 들어 보이며 화답했다.

i2i의 전담 매니저이자 어울림 엔터테인먼트 최영진 팀장이라는 자막이 깔렸다. 카메라가 최영진을 따라가기 시작했다. 대표실 문이 열리고 현우가 모습을 드러내었다.

말끔하게 슈트를 차려입은 현우의 밑으로 어울림 엔터테인먼트 대표라는 직함과 함께 김태식, 김발놈이라는 별명이 소개되었다. 얼마 전에 생긴 별명인 김슈트까지 추가되어 있었다.

—김발놈 등장.

—별명도 참 많아. ㅋㅋ

—김슈트는 처음 들어보는 별명인데? 아시는 분?

—그 아줌마 부대가 붙여준 별명이에요; 김현우 대표, 아줌마들한테 인기 많음.

—1등 신랑감이라 이건가?

—그런 듯. ㅋㅋ

그사이 업무를 보고 있던 화면 속 현우가 최영진을 쳐다보았다.

"왔냐?"

"형님, 면접 시간입니다."

"벌써? 그럼 가볼까?"

현우가 책상에서 일어나 슈트 상의를 걸쳤다. 제작진이 하필 그 장면을 슬로우 모션으로 처리했다.

"뭐야, 방금? 영화야?"

손태명이 현우를 보며 어이없어했다. 현우가 피식 웃으며 무모한 형제들 게시판을 살펴보았다.

─ㅋㅋㅋ, 슬로우.

─ㅋㅋ, 방금 좀 멋있었는데?

─김슈트 너, 좋았어?

─ㅋㅋㅋㅋ

두 사람이 1층 카페로 내려갔다. 화면 속에선 슈트를 말끔하게 차려입은 손태명과 고석훈도 보였다. 손태명은 어울림 엔터테인먼트 안방마님 및 손 부인이라고 소개되었고, 고석훈은 엘시 전담 매니저이자 돌부처 매니저라는 수식어가 붙었다.

무모한 형제들을 보고 있던 현우가 씩 웃으며 손태명을 쳐다보았다. 손 부인이라는 별명이 전 국민에게 알려지게 되었다. 손태명이 이마를 짚고 있었다.

"사전 인터뷰 때 내가 저 별명은 언급하지 말아달라고 사정까지 했는데 누구야? 대체 누가 언급했어?"

손태명이 살벌한 눈동자로 주변을 둘러보았다. 현우가 손태명의 어깨에 손을 올렸다.

"누구겠어? 나지."

"김현우, 두고 보자."

손태명이 이를 갈았고, 어울림 식구들은 간신히 웃음을 참았다.

현우와 함께 네 사람이 나란히 섰고, 어울림 엔터테인먼트 F4라는 자막이 깔렸다.

ㅡF4. ㅋㅋㅋㅋㅋㅋㅋㅋ

ㅡF4래. ㅋㅋㅋㅋㅋ

ㅡ근데 그럴싸하지 않음?

ㅡ그래도 F4는 아니지. ㅋㅋ

"F4, 축하드려요!"

그렇게 말하더니 엘시가 배꼽을 잡으며 웃어댔다. 송지유마저 얼굴을 찌푸린 채 대놓고 웃고 있었다. i2i 멤버들은 아예 바닥을 구르고 있었다.

"……."

대중들의 놀림에 익숙한 현우와 다르게 손태명과 최영진, 고석훈은 멍한 표정을 하고 있었다. 자막 하나 때문에 졸지에 F4가 되어버렸다.

"다, 다행이다. 저때 유희 누님 스케줄이 있었는데."

오프닝에 나오지 않는다며 서운해하고 있던 김철용이 가슴을 쓸어내렸다. 현우가 씩 웃고 있었다.

"내가 그동안 김태식이니 김발놈이니 불리면서 얼마나 힘들었는지 이제 너희들도 알게 될 거다. 환영한다, F4 동지들."

'무모한 형제들'의 연말 특집인 '무모한 기획사'가 시작부터 여러 사람 인생을 흔들고 있었다.

그리고 카페에 무모한 형제 멤버들이 잔뜩 긴장한 채로 앉아 있었다. 국민 MC인 장지석부터 시작해 2인자 김민수, 그리고 현우와 절친한 사이인 개그맨 정훈민이 보였다. 또 그 옆으로 금발 사이코라 불리는 오남철과 장지석의 오른팔 나동운, 그리고 식신 송준식도 보였다.

화면 속 현우가 테이블 의자에 앉아 다리를 꼬았다. 그러고는 팔짱까지 낀 채로 무형 멤버들을 지그시 살펴보았다.

─헐! 카리스마 분출?!
─아, 김태식 씨가 어울림 대표였지? 잊고 있었음. ㅋ

―이렇게 보니까 멀쩡하네. 대표 포스;

"어울림 엔터테인먼트 대표 김현우입니다. 반갑습니다, 무모한 형제 멤버 여러분."

"현우야, 너 낯설다?"

정훈민이 어색한 얼굴을 했다. 현우의 한쪽 눈썹이 올라갔다.

"정훈민 씨, 공과 사는 구분하셔야 하는 거 아닙니까? 정훈민 씨는 오늘 신입 사원 면접을 보기 위해 온 걸로 알고 있습니다."

현우의 중저음에 정훈민이 얼른 자세를 바로 했다.

"죄송합니다. 제가 생각이 짧았습니다, 대표님!"

"좋습니다. 그런 자세 좋아요. 정훈민 씨, 그런데 송준식 씨는 지금 뭐 하고 계십니까?"

"예, 저요?"

송준식이 손에 들고 있던 빵을 내려놓았다.

"빵이 맛있어서… 이거 지, 직접 구운 거라 맛있어서 그랬습니다!"

특유의 바보 콘셉트를 잡고 나온 송준식이었다. 송준식의 입가엔 빵 부스러기가 잔뜩 묻어 있었다. 화면 속 현우의 입가에 경련이 일었다. 오남철이나 나동운은 이미 웃음을 참지 못하고 있었다. 장지석은 초인적인 인내력으로 웃음을 참고 있었다.

"대표님."

송준식이 현우를 불렀다.

"말씀하세요, 송준식 씨."

"빵 한 개에 얼마입니까? 제가 가진 게 이것밖에 없어서요."

송준식이 주섬주섬 바지춤에서 만 원짜리 지폐 하나를 꺼냈다.

"그냥 드세요. 돈 안 받겠습니다."

"감사합니다! 그럼 여기 빵 한 개만 더?"

"그만 처먹어! 여기 식사하러 왔어?! 엉!"

결국 김민수가 폭발했다. 빵 봉지를 그대로 송준식의 면상으로 던져 버렸다.

찰싹!

차진 소리가 오디오에 명확하게 잡혔다. 황당한 얼굴을 한 송준식이 조용히 테이블에서 일어났다.

일촉즉발의 상황. 시청자들이 숨을 죽였다. 김민수와 송준식은 앙숙으로 유명한 사이였다. 거구의 송준식이 김민수 앞까지 다가갔다. 김민수가 움찔했다. 송준식은 그대로 허리를 굽혀 바닥에 떨어진 빵을 주워 들었다. 그리고 특유의 억울한 표정을 지은 채 빵을 물었다.

"큭!"

결국 손태명이 웃어버렸다.

―웃음 참기 대회. ㅋㅋㅋㅋㅋ

―손 실장님 탈락! ㅋㅋㅋ

―아, 개 웃기네. ㅋㅋ

―김현우 대표, 웃음 진짜 잘 참아. ㅋㅋ

―ㅋㅋㅋㅋㅋㅋㅋㅋ 아, 웃겨.

―잠깐, 투 마치 토커 등장! ㅋㅋ

장지석이 결국 허리에 양손을 얹으며 일어섰다.

"지금 면접이 장난입니까? 여러분, 지금 뭐 하는 거예요? 여기가 어디입니까? 국민 기획사 어울림 엔터테인먼트입니다. 이런 곳에서 매니저로 일하는 게 어디 쉬운 줄 알아요? 다른 매니저들은 선망하며 동경하는 그런 곳이 바로 이곳 어울림 엔터테인먼트입니다. 그렇지 않습니까, 김현우 대표님?"

"네, 장지석 씨가 말씀 잘하셨네요. 지금부터 진지한 태도를 보이지 않는 분은 귀가 조치시키겠습니다."

현우의 카리스마 넘치는 결단에 장지석과 무형 멤버들이 박수를 쳤다.

"그럼 면접 바로 시작하죠. 그런데 사실 면접관들이 더 있습니다."

"더 있다고요, 대표님?"

장지석이 주변을 둘러보았다. 대표인 현우와 손태명 실장, 그리고 팀장인 최영진이 있었는데 면접관이 더 있다는 말은 금시초문이었다.

그런데 그 순간 지하 연습실과 이어져 있는 계단 쪽에서 인기척이 느껴졌다. 송지유와 엘시, 그리고 i2i 멤버들이 차례로 모습을 드러내었다. 그 뒤로 신현우와 신지혜 부녀, 그리고 서유희도 있었다.

―어울림 아티스트들 총출동! ㄷㄷ

―대박! 어울림 3대 갓이다! 송지유! 엘시! 이솔!

―i2i도 진짜 오랜만. ㅠㅠ

―신현우랑 신지혜도 등장!

―백룡영화제 여우주연상 배우 서유희도 등장!

―어울림 라인업 화려한 거 보소. ㅋㅋㅋ

―이번 특집에 어울림도 최선을 다하는 듯.

―역시 어울림 엔터! 한 명도 빠짐없이 다 나옴. ㅋ

현우의 좌우에 어울림 소속 연예인들이 차례차례 앉기 시작했다.

―우 지유! 좌 엘시! 부러워! ㅠ

―김발놈. 졌다. ㅠㅠ

―김현우처럼 살고 싶다.

―ㅇㅈ 인생은 김현우처럼. ㅋ

―내가 김현우 대표님이었으면 밥 안 먹어도 배부를 듯. ㅎ

"……."

"……."

풀 세팅 상태의 송지유와 엘시가 나란히 팔짱을 끼고 무형 멤버들을 쳐다보고 있었다. 두 탑스타의 위용에 무형 멤버들이 잔뜩 긴장했다.

"……."

"……."

연민정처럼 꾸미고 온 서유희와 극중에서 딸 연서희로 출연하고 있는 신지혜도 덩달아 무형 멤버들을 노려보고 있었다.

―서유희 연민정 포스. ㅋㅋㅋ

―신지혜 귀엽다. ㅋㅋ

―꼬마 연민정. ㅋㅋㅋ

―어울림은 여자들이 무서운 것 같음. ㅋㅋ

―다들 눈동자에서 레이저 나오는 중. ㅋㅋ

꿀걱.

긴장감에 송준식이 손에 들고 있던 빵을 삼키고 말았다. 송지유가 눈을 찌푸렸다.

"그만 좀 드세요. 그 빵, 솔이가 아침부터 열심히 만들어놓은 거예요."

트로트 특집을 통해 친분이 있는 송지유가 타박했다. 엘시의 시선이 텅 비어 있는 바구니로 향했다.

"설마 그 빵을 다 먹은 거예요?"

"그, 그게 맛있어서……."

정훈민이 송준식 대신 변명했다.

"오빠, 이분들 다 탈락시켜요."

"탈락."

송지유와 엘시가 얼굴을 찌푸리며 말했다.

"탈락! 탈락! 탈락!"

i2i 멤버들까지 탈락을 외치기 시작했다. 무형 멤버들이 당황하기 시작했다.

현우가 송지유를 보며 입을 열었다.

"지유야, 오늘은 나 오빠 아니야. 오늘은 김현우 대표다. 결정은 내가 한다."

현우가 진지한 표정으로 말했다. 송지유가 고개를 끄덕였다.

"알았어요. 근데 다리랑 팔 풀어요. 그런 자세로 오래 있으면 척추 건강에 안 좋아요."

"어? 응."

현우가 얼른 자세를 바로 했다.

ㅡㅋㅋㅋㅋㅋ 카리스마, 방송 10분 만에 종료.

ㅡ갓 지유 앞에서는 그냥 김태식이네. ㅋㅋ

ㅡㅋㅋㅋ, 포스 보소. ㅋㅋㅋ

ㅡㅋㅋ, 자동 반사네, 거의? ㅋㅋ

ㅡㅋㅋㅋ, 재밌다.

'무모한 형제들' 연말 특집 '무모한 기획사'가 시청자들의 폭발적인 관심을 받으며 순조롭게 시작을 알렸다.

*   *   *

"재밌네."

김순호가 혼잣말을 중얼거렸다. 별생각 없이 TV를 틀었는데 무모한 형제들이 방송되고 있었다. 어울림 엔터테인먼트를 배경으로 하는 '무모한 기획사' 특집이었다.

연예계에 별로 관심이 없는 김순호도 송지유나 어울림 엔터테인먼트는 잘 알고 있었다. 버스를 타고 오는 길에도 송지유의 낙엽편지를 들었다.

뭐랄까, 간만에 재밌는 프로그램을 보니 덩달아 기분이 좋아졌다. 김순호는 맥주를 홀짝이며 TV에 집중했다.

어울림 소속 여자 연예인들의 따가운 시선에 무형 멤버들이 기를 펴지 못하고 있었다. 2인자인 김민수가 대뜸 자리에서 일어났다.

"우리가 면접을 보러 온 거지 심문을 받으러 온 건 아닙니다!"

"……"

김민수를 향해 송지유의 서늘한 시선이 날아와 박혔다. 엘시도 슥 팔짱을 꼈으며 서유희는 별안간 다리를 꼬았다. 세 명의 시선이 연달아 김민수에게 꽂히자 무형 특유의 해골 자막이 연달아 등장했다.

"…미, 미안합니다."

결국 김민수가 꼬리를 내렸다.

짝!

분위기 환기 차원에서 현우가 박수를 쳤다.

"그럼 본격적으로 면접을 시작하겠습니다. 지원자 받겠습니다."

"먼저 면접 보는 사람에게는 가산점이라도 있습니까?"

눈치가 남다른 나동운이 물었다. 현우가 고개를 끄덕였다.

"뭐, 어느 정도는 플러스가 되겠죠."

"그럼 제가 먼저 면접 보겠습니다!"

정훈민이 자신 있게 번쩍 손을 들었다. 무형 멤버들이 아쉽다는 표정을 했다. 현우가 피식 웃으며 고개를 끄덕였다.

"지원 동기는요?"

송지유가 첫 질문을 했다. 정훈민이 잠시 생각하다가 입을 열었다.

"어울림 엔터테인먼트가 국민 기획사 아니겠습니까? 저 역시 국민 개그맨으로서 거듭나기 위해서는 어울림 같은 훌륭한 곳에서 경력을 쌓아야 한다는 생각이 들었습니다."

"본인의 이미지에 우리 어울림을 이용하시겠다는 건가요?"

엘시가 넌지시 물었다.

"네? 아뇨. 그럴 리가요! 저도 인기 요즘 많습니다!"

"그런데 왜 우리 대표님 SNS에 자주 글을 남기고 태그도 하시는 거죠? 의도가 있어 보이던데요?"

"제가요? 저기… 야, 쉽게 좀 가자! 너도 현우 SNS에 셀카

맨날 올리잖아!"

결국 정훈민이 폭발했다. 엘시가 태연한 척 눈을 동그랗게 떴다.

"저 아세요? 전 그쪽 초면인데요. 그리고 방송이라니요? 혹시 개인 방송 하는 분이세요? 저희 초상권 있거든요?"

정훈민이 아차 하는 표정이 되었다. 엘시의 유도신문에 낚이고 말았다.

연말 특집인 '무모한 기획사'는 현실과 콩트가 반반 섞여 있는 콘셉트였다. 무형 멤버들은 신입 사원 면접을 보기 위해 어울림 엔터테인먼트에 찾아온 신입 매니저 콘셉트를 잡고 있었다.

"죄송합니다. 어울림을 이용할 생각은 없습니다. 상생, 상생을 하겠습니다!"

"이봐요, 상생이 무슨 뜻인지는 알아요?"

갑자기 서유희가 연민정처럼 독설을 내뱉었다. 갑자기 정훈민이 벌떡 자리에서 일어나 카메라를 향해 X 자를 그렸다.

"아, 나 못 하겠다! 난 빼라! 서유희도 연민정 하면 나는 어떻게 하냐?! 방금 눈빛 봤어? 나 울 뻔했어! 못 해! 무서워서 못 해!"

정훈민이 아예 바닥으로 누워 버렸다.

"정훈민 씨 탈락. 고생하셨어요."

엘시의 확인 사살에 정훈민이 진상을 떨기 시작했다.

"그래, 오늘 방송 어디까지 가나 해보자, 한번!"

—결국 ㅋㅋㅋㅋ, 폭주.

—ㅋㅋㅋ, 결국 정훈민 폭발.

—압박 면접을 견디지 못함. ㅋㅋ

—그렇지! 무형은 이 맛이지!

—송지유, 대표 포스 뭐임? 누가 보면 어울림 대표인 줄. ㅋ

—엘시도 예능 실력 안 죽었네!

—연민정. ㅋㅋㅋ

—탈락. ㅋㅋ

무모한 형제들 게시판에 시청자들의 글이 빠르게 올라오기 시작했다. 1층 카페에 모여 방송을 지켜보고 있던 어울림 식구들도 웃음을 참지 못하고 있었다.

특히 엘시를 바라보는 i2i 멤버들의 표정에는 존경이 담겨 있었다. 엘시가 의기양양해했다. 방송 초반부터 확실하게 분량을 챙겼기 때문이다.

"방송이 장난입니까? 시청자 여러분 보시는데, 정훈민 씨, 당장 일어나세요."

현우의 무거운 말에 정훈민이 진상을 떨다 딱 행동을 멈추었다.

"현우야, 네가 이렇게 말하면 나는 뭐가 되냐? 엉?"

"진짜 탈락시키기 전에 일어나세요, 오빠."

송지유의 경고에 정훈민이 서둘러 자리에서 일어났다. 송지유라면 탈락을 시키기도 남을 아이였다.

"웃겨서 안 되겠네요. 현우야, 일대일 면접으로 가자."

손태명의 제안에 현우가 고개를 끄덕였다.

"그게 낫겠습니다."

ㅡ웃음 참기 대회 끝!

ㅡ아쉽다. ㅋㅋ

ㅡ꿀잼이었는데. ㅋㅋ

ㅡ그래도 방송 진행은 되어야 하니. ㅋㅋ

화면이 전환되고 무형 멤버들의 개인 면접이 이루어졌다. 무모한 형제들 게시판은 물론 주요 커뮤니티마다 어울림 엔터테인먼트의 면접 장면이 크게 주목받고 있었다. 신입 사원을 뽑을 때 면접을 본 사람들의 일화가 이미 여기저기 퍼져 있었기 때문이다.

하지만 아직까지도 어울림 엔터테인먼트의 면접 일화를 믿지 못하는 사람들이 존재했다. 그리고 장지석을 필두로 김민수와 다른 멤버들이 심층 면접을 봤다. 좋아하는 영화나 가수, 노래 등 일반적인 면접과는 조금 다른 질문들이 쏟아졌다.

ㅡ이혜은이나 고석훈 매니저 뽑을 때도 진짜 이런 질문들만 한 거였음? ㄷㄷ
ㅡㅇㅇ 사실이었네;
ㅡ진짜 매니지먼트 회사다운 면접. ㅎㅎ

시청자들의 호평이 줄을 이었다.
뒤이은 화면에선 무형 멤버 전원이 신입 매니저로 합격했다.
우여곡절 끝에 정훈민이 송지유의 매니지먼트를 담당하게 되었고, 김민수는 엘시의 매니저를, 금발 사이코 오남철은 그토록 원하던 i2i의 매니저를 맡게 되었다. 송준식은 신현우와 신지혜의 매니저를, 마지막으로 나동운은 서유희의 매니저가 되며 '무모한 기획사' 첫 회가 끝이 났다.

* * *

[무형 연말 프로젝트 '무모한 기획사' 성공적인 출발!]

[무모한 형제들, 어울림 엔터와 콜라보! 첫 방송 시청률 27% 기록!]

[어울림 엔터테인먼트 출연은 신의 한 수였다! 호평 연이어!]

[무형 팀과 어울림 엔터의 깜짝 연말 선물에 시청자는 행복!]

무모한 형제들의 연말 특집 '무모한 기획사'는 기습적인 편성에도 높은 시청률을 기록했다. 그리고 주요 커뮤니티마다 호평이 줄을 이었다.

특히 어울림 엔터테인먼트 사람들을 친근하게 접할 수 있었다는 점에서 큰 점수를 받고 있었다.

"오빠, 이거 봐요."

송지유가 핸드폰을 건넸다. 현우가 핸드폰을 들여다보았다.

"태명 선배?"

여성 커뮤니티였는데 슈트를 차려입은 손태명의 짤이 보정까지 되어 돌아다니고 있었다.

―손 실장님의 부드러운 저 미소. ㅠㅠ

―태명 선배, 멋있어. ㅜㅜ

―손 실장님, 여자 친구 있어?^^

―없대! 기회야!

—난 최영진 팀장님이랑 사랑에 빠짐. 샤이 보이~

—고석훈 매니저님도 멋있던데? 키다리 아저씨 느낌 나!

—어울림 F4 빠져든다.

여초 사이트마다 어울림 F4라 불리며 손태명과 최영진, 고석훈의 인기가 치솟고 있었다.

특히 손태명은 '태명 선배'라는 별명까지 생겨난 상태였다.

"뭔데, 이거? 나는 아직도 김발놈인데 왜 태명이만 태명 선배야? 흰 천과 바람만 있음 어디든 가겠는데, 손태명?"

현우는 어이가 없었다. 내심 어울림 F4가 주목받고 있어서 이미지 쇄신이 되는 줄 알았건만 엉뚱한 손태명만 득을 보고 있었다.

"자업자득 아니겠어요?"

"인정. 자업자득. 그러니까 팬들 자극하지 말라니까요. 태명 오빠는 오빠처럼 될까 봐 무형 촬영 내내 조심했잖아요."

김은정까지 합세했다.

"나는 조심 안 하냐? SNS부터 탈퇴를 하든가, 아니면 너희랑 친구를 끊든가 해야지, 이거."

현우가 고개를 절레절레 흔들었다.

"현우야, 나 운전 어때? 잘하나?"

장지석이 운전석 쪽에서 물어왔다. 조수석에는 정훈민도 보였다. '무모한 기획사' 촬영을 위해 무형 멤버들이 당분간 스케줄에 함께 다니게 되었다.

"안전 운전 좋은데요?"

"그렇지? 내가 현우 네 매니저인데 안전 운전 해야지. 근데 떨린다. 내가 말이야, 그렇게 큰 행사는 별로 많이 못 가봤거든."

장지석이 잔뜩 들떠 있었다.

그사이 송지유의 밴 봉식이가 인천국제공항 안으로 들어섰다. 봉식이를 선두로 엘시의 밴 봉순이와 i2i 멤버들의 스프린터가 차례로 들어섰다.

"생각보다 조용한데?"

송지유의 매니저가 된 정훈민이 창밖을 둘러보며 말했다. 촬영을 위해 함께 밴에 타고 있던 무형 스태프들도 어리둥절해했다.

그때였다.

"와아아!"

엄청난 환호성이 터져 나오며 사방에서 팬들이 몰려오기 시작했다.

"혀, 현우야! 어, 어떻게 하냐, 이거?"

장지석이 당황해했다. 국민 MC이긴 했지만 이런 상황까지는 겪어보지 못한 장지석이었다.

"지석 형님, 최대한 서행하면서 주차장 쪽으로 가세요."

"저, 정말? 팬들이 다치지는 않을까?"

"괜찮습니다. 알아서들 길 터줄 거예요."

당황해하고 있는 장지석과 다르게 같은 밴에 타고 있는 무형 제작진은 신이 나 있었다. 어울림 엔터테인먼트의 연예인을 보기 위해 수많은 팬이 몰려드는 진풍경을 찍을 수 있었기 때문이다.

3대의 밴이 서행에 서행을 거듭한 끝에 간신히 주차장으로 들어섰다.

"영진이랑 남철이 형은 i2i 멤버들 인원 체크 해주세요! 석훈이랑 민수 형은 애들 여행 가방 확인해 주시고요!"

현우가 일사불란하게 현장을 통제했다. 주차장 밖에 팬들이 몰려와 있는 탓에 근처가 소란스러웠다.

최영진과 오남철이 i2i 멤버들을 체크했다. 고석훈과 김민수는 서둘러 i2i 멤버들의 개인 여행 가방과 의상이 담긴 짐들을 점검했다.

"이거 우리 빠져나갈 수 있겠어?"

정훈민이 팬들을 보며 혀를 내둘렀다. 어떻게 일정을 파악했는지 송지유의 팬과 엘시의 팬, 그리고 i2i의 팬들까지 다 몰려와 있었다. 빽빽하게 들어선 팬들을 보며 무형 멤버들은 물론 제작진까지 긴장을 머금고 있었다.

현우가 앞으로 나섰다.

"제가 보여 드리죠. 울림이들의 클래스를요. 영진아! 확성기!"

"예, 형님!"

최영진이 서둘러 현우에게 확성기를 갖다주었다. 확성기를 든 채 현우가 주차장 가이드 라인에 다가갔다.

"아침 일찍부터 피곤하실 텐데 공항까지 마중을 나와주셔서 정말 감사합니다, 여러분!"

현우의 말에 팬들이 환호성을 질렀다.

"대표님! 우리 멤버들 사진 찍게 해주세요!"

"엘시 갓! 엘시 갓!"

"우리 지유 여왕님도 사진 찍겠습니다! 대표님! 시간 좀 내주세요!"

팬들이 기다렸다는 듯 부탁을 해왔다. 현우가 고개를 끄덕였다. 그리고 어느새 송지유와 엘시, 그리고 i2i 멤버들이 일렬로 섰다.

현우가 엘시에게 확성기를 건네주었다.

"아! 아! 마이크 테스트! 여러분! 엘시입니다! 홍콩 잘 다녀올게요! 상도 꼭 타서 올 거니까 그때까지 감기 걸리기 있기, 없기?"

"없기!"

엘시의 팬들은 물론 송지유와 i2i의 팬들까지 한목소리로 대답했다. 엘시가 생긋 웃으며 손을 흔들었다. 그리고 송지유에게 확성기를 건넸다.

송지유가 확성기를 들자 또 환호성이 터져 나왔다. 익숙한 팬 카페 회원들을 살펴보며 송지유가 살짝 웃었다.

"오! 웃는다! 여왕님이 웃으신다!"

"뭐 해? 사진사들 빨리 찍어!"

망원경같이 생긴 사진기들이 연신 송지유를 찍기 시작했다.

"춥지들 않으세요? 저 공항 들어가면 빨리 집에 가세요! 아셨죠?"

"네, 지유 님!"

송지유의 팬들은 꼭 여왕의 병사들 같았다. 이 광경을 지켜보고 있던 무형 멤버들은 혀를 내둘렀다.

"이게 팬들이구나. 우린 이런 열성 팬은 없거든."

장지석의 말에 현우가 피식 웃었다. 송지유에 이어 i2i 멤버들도 팬들에게 한 명씩 돌아가며 인사했다. i2i 멤버들이 인사를 끝내고 현우가 김수정으로부터 다시 확성기를 건네받았다. 벌써부터 팬들이 아쉬움의 탄식을 내뱉고 있었다.

"비행기 시간이 그리 많지 않아서 말입니다. 이제 슬슬 공항으로 들어가 봐야 할 것 같습니다. 편하게 비켜주실 거라 믿습니다. 저도 약속 지켰으니까요."

"네!"

팬들이 입을 모아 소리를 쳤다. 무형 멤버들이 신기해하고 있었다. 보통 가수나 아이돌 팬들은 통제가 불가능하다는 게 정설이었다. 그런데 울림이라고 통칭되는 어울림 엔터테인먼트의 팬들은 소통이 되고 있었다.

"이제 보니까 지유보다 현우 네가 더 조련을 잘하는 거 같은데?"

"그래요?"

현우가 정훈민을 보며 살짝 웃었다. 무형 제작진은 또 그걸 열심히 찍고 있었다.

그사이 송지유 팬 카페의 회원들이 주축이 되어 길을 트기 시작했다. 팬들의 호위를 받으며 어울림 식구들과 무형 멤버들이 공항으로 향했다.

*　　　　*　　　　*

홍콩 국제공항은 몰려든 한류 팬들로 인산인해를 이루고 있었다. 특히 이번에는 어울림 엔터테인먼트 소속 연예인들이 처음으로 해외 팬들 앞에 선을 보이는 것이다. 대한민국에서 큰 인기 몰이를 하고 있는 만큼 중화권 팬들의 관심도 높아진 상태였다.

"와아아!"

슈트 차림의 현우가 처음으로 등장하자 엄청난 환호성이 쏟아졌다. 현우가 주변을 둘러보며 크게 놀랐다.

"뭐야? 나한테 소리 지르는 거야, 지금?"

"그런 것 같은데요, 형님?"

최영진도 어리둥절해했다. 중화권 팬들 중에서는 현우의 얼굴이 프린팅된 피켓을 들고 있는 팬들도 제법 많았다. 며칠 전에 방송이 나간 무형 특집 때문인지 최영진을 알아보고 손을 흔드는 팬들도 보였다.

"어울림 F4! F4!"

"현우! 현우! 갓 현우!"

"현우! 나랑 결혼해!"

"이거 진짜냐? 누가 보면 너 홍콩 영화배우인 줄 알겠는데?"

정훈민이 믿지 못하겠다는 표정을 지었다. 그리고 입국 심사를 마친 송지유와 엘시가 차례로 나타나자 홍콩 국제공항이 떠나갈 정도로 큰 함성이 터져 나왔다.

"귀 막아, 영진아! 애들 귀 막으라고 해!"

귀가 다 얼얼했다. 현우가 서둘러 송지유의 귀를 틀어막았다. 달달한 오누이 같은 모습을 연출하자 함성은 더욱 커져갔다.

그리고 i2i 완전체가 나타나자 팬들이 이성을 잃기 시작했다. 파도처럼 팬들이 사방에서 몰려들기 시작했다.

사태를 눈치챈 공항 안전 요원들도 황급히 팬들을 막기 시작했지만 그러기엔 그 수가 너무 많았다.

"형님! 파파라치 조심하세요!"

i2i 멤버들을 감싸며 최영진이 소리를 질렀다.

"파파라치?"

현우가 황급히 주변을 둘러보았다. 홍콩에서 활동하는 파파라치 하면 할리우드의 파파라치 못지않게 악명이 높았다. 일부러 교묘하게 노출 사진을 찍는 등 악성 파파라치들이 상당히 많았다.

그리고 현우의 예상대로였다. 파파라치로 의심되는 사람들이 팬들 사이에 섞인 채 어울림 소속 연예인들에게 다가오기 시작했다.

"석훈아! 다연이 치마! 치마 속 못 찍게 해!"

현우의 외침에 고석훈이 눈을 크게 떴다. 몇몇 파파라치가 교묘하게 엘시의 짧은 치마 밑으로 카메라를 들이밀고 있었다. 그뿐만이 아니었다. 팬들 사이에서 손 하나가 불쑥 나오더니 송지유의 어깨를 강하게 잡았다.

현우의 눈동자에서 불꽃이 튀었다.

"어딜!"

현우가 완력으로 파파라치의 손을 쳐내었다. 장지석과 정훈민도 황급히 파파라치로 보이는 남자들의 앞을 가로막았다.

그런 노력에도 불구하고 결국 송지유의 스웨터가 살짝 찢어지고 말았다. 속옷 끈과 함께 하얀 어깨가 보이자 파파라치들이 더 몰리기 시작했다.

"젠장!"

현우가 급히 슈트를 벗어 송지유의 어깨를 가렸다.

"괜찮아, 지유야?"

"오, 오빠?"

천하의 송지유도 놀랐는지 얼어 있었다.

"내 손 꼭 잡아! 절대 놓지 마!"

송지유가 현우의 팔을 꼭 껴안았다. 사방에서 송지유를 향해 손들이 뻗어 나왔고, 현우는 아예 송지유를 품에 안다시피 했다.

다행히 중화권 팬들도 현우 일행을 돕기 시작했다. 그런데 애초에 어울림 소속 연예인들을 보러 온 팬들의 숫자가 너무 많았다.

공항 안전 요원들이 안간힘을 쓰고 있었지만 점점 더 사람들이 몰려들고 있어 통제가 불가능했다.

그때였다. 별안간 훤칠한 체격의 청년들이 나타나더니 현장을 수습하기 시작했다. 능숙하게 파파라치들과 악성 팬들을 구분해서 밖으로 밀어냈다.

"김현우 대표님! 이쪽으로요! 어서요!"

눈매가 날카로운 인상의 사내가 현우에게 소리쳤다. 다른 청년들은 팬들에게 갇혀 있는 엘시를 구해내었다.

청년들의 빠른 인솔 아래 어울림 식구들이 겨우 한곳으로 모였다.

현우와 최영진, 고석훈과 무형 멤버들이 청년들과 함께 송지유와 엘시, i2i 멤버들을 보호하며 공항을 빠져나가기 시작했다.

쾅! 쾅!

N.NET 측에서 미리 대기시켜 둔 버스가 좌우로 흔들렸다. 공항 밖까지 따라온 일부 극성팬들이 버스를 두들겨 댔다. 파파라치들도 미리 준비시켜 둔 오토바이나 차량에 올라탄 채로 연신 플래시를 터뜨렸다.

"창문 닫아!"

현우의 외침에 최영진과 고석훈이 서둘러 버스 창문을 가렸다.

"후우……."

플래시 세례가 잦아들자 현우는 이제야 놀란 가슴을 진정시켰다. 그리고 서둘러 송지유부터 살펴보았다. 현우의 슈트 상의를 걸치고 있는 송지유는 꼴이 말이 아니었다. 머리도 마구 헝클어져 있었다.

팬들에게 고립되었던 엘시는 아예 가죽 재킷을 잃어버린 상태였다. 검은색 스타킹도 군데군데 올이 나가 있었다. i2i 멤버들도 상황은 별반 다르지 않았다. 체구가 작은 이솔이나 전유지 같은 멤버들은 아예 녹초가 되어 있었다.

"……"

현우는 할 말을 잃은 상태였다. 애초에 생각한 것보다 훨씬 많은 팬들이 몰려왔다. 그리고 일부 파파라치와 극성팬들 때문에 하마터면 큰 사달이 벌어질 뻔했다.

"괜찮아? 다들 다친 곳 없어?"

"저는 괜찮아요, 오빠."

송지유가 걱정스러운 표정으로 현우를 살펴보며 대답했다. 현우가 꼼꼼하게 송지유를 살펴보았다. 그런 다음에 현우의 시선이 엘시에게로 향했다.

"다연이는?"

"멀쩡해요. 근데 저랑 지유보다는 애들이 많이 놀란 것 같아요, 오빠."

가죽 재킷도 잃어버렸으면서 엘시는 i2i 멤버들을 더 신경 쓰고 있었다. 엘시의 말대로 나이가 어린 i2i 멤버들이 많이 놀란 것 같았다. 그나마 다들 다친 곳은 없어 보였다.

i2i의 리더인 김수정이 현우를 살펴보며 물었다.

"대표님은 괜찮으세요?"

"나?"

슥 고개를 돌려 창문에 비친 모습을 확인하곤 현우가 헛웃음을 흘렸다. 넥타이는 다 풀어져 있고 하늘색 와이셔츠는 목을 시작으로 잔뜩 구겨져 있었다. 현우의 시선이 이번에는 최영진과 고석훈을 살폈다.

두 매니저도 엉망진창이었다. 무형 멤버들도 꼴은 비슷했다. 그러다 현우는 홀연히 나타나 도움을 준 청년들이 떠올랐다.

"영진아, 아까 그분들은?"

"저희 버스 타는 거 보고 바로 다른 게이트 쪽으로 빠지던데요?"

"그랬어?"

아쉬움이 밀려왔다. 팬들에게 쫓기다 보니 미처 신경 쓸 새가 없었다.

"한국 분들이었지?"

"네, 형님."

"아쉽네. 후우, 일단 호텔로 가자. 기사님?"

어울림 식구들을 태운 버스가 서서히 움직이기 시작했다.

*   *   *

N.NET 측에서 제공한 5성급 호텔 안으로 어울림 식구들이 타고 있는 버스가 들어섰다. 홍콩 국제공항에서 벌어진 사고 때문에 N.NET 관계자들이 마중을 나와 있었다.

현우를 필두로 어울림 식구들이 차례대로 버스에서 내렸다. 40대 후반의 홍성현 국장이 현우에게 악수를 청했다.

"오시는 데 고생 많으셨습니다, 김현우 대표님."

"처음 뵙습니다, 국장님. 어울림 엔터테인먼트의 김현우입니다."

"고생이 많으셨습니다. 지유 씨랑… 다들 괜찮으신지요?"

홍성현 국장은 물론이고 N.NET 관계자들이 미안한 표정을 숨기지 못했다. 홍성현 국장과 관계자들이 연신 눈치를 살폈다. 특히 송지유와 엘시의 눈치를 살피고 있었는데 안쓰러울 정도였다.

"괜찮습니다. 뭐, 어느 정도 변수는 늘 존재하게 마련이니까요, 국장님."

"그렇게 너그럽게 이해를 해주시니 감사합니다."

진심이었다. 현우도, 송지유도, 엘시도 전혀 개의치 않았다. N.NET 측에서도 이렇게 많은 팬이 몰릴 줄은 예상하지 못했을 것이다.

또 팬들을 탓할 생각도 없었다. 자주 접할 수 있는 기회가 있는 한국 팬들과 달리 중화권 팬들은 1년에 한 번 정도 있는 이런 행사가 아니면 한류 스타를 볼 일이 아예 없었다.

그래도 미안했는지 홍성현 국장과 관계자들이 직접 어울림 식구들을 숙소까지 안내해 주었다.

어울림 식구들이 짐을 풀었다. 현우는 송지유와 엘시, i2i 멤버들이 짐을 푸는 것까지 확인한 후에야 숙소로 돌아왔다.

"영진아, TV 켜봐."

"네, 형님."

짐 정리를 하면서 TV를 켜보니 공항에서 있었던 일들이 벌써 홍콩 연예 프로그램을 통해 방송되고 있었다. 영어가 아니라 무슨 말을 하는지는 이해가 되지 않았지만 홍콩 현지 언론도 오늘 공항에서의 일을 심각하게 다루고 있었다.

"하아, 정말 큰일 날 뻔했지."

공항에서의 일이 떠올라 아직도 아찔했다.

"형님, 우리 어울림이 이렇게까지 인기가 많을 줄은 미처 몰랐습니다. 제가 관계자에게 들었는데 슈퍼보이스 멤버들이 입국했을 때도 이 정도는 아니었다는데요?

"그래?"

"네."

최영진이 은근히 뿌듯해했다. 엘시를 제외하곤 해외 활동을 해본 적이 없는 송지유와 i2i였다. 그럼에도 불구하고 어마

어마한 수의 팬이 몰려들었다. 지금도 호텔 밖에는 파파라치들이 잠복하고 있을 정도였다.

"그나저나 아까 그분들을 찾고 싶은데 말이야. 홍콩이 넓은 곳은 아니니까 마주칠 수도 있을 거야."

"당연히 그래야죠. 근데 뭐 하는 분들일까요? 체격도 좋고 힘이 보통이 아니던데요."

"그러게 말이다."

현우는 슈트 상의를 벗어놓고 침대에 누웠다. 피곤함이 몰려왔다.

"석훈아, 냉장고에 마실 거 있냐? 아무거나 좀 줄래?"

"네, 형님."

음료수를 마신 다음 현우는 다시 기운을 차렸다. 세 남자가 나란히 자리를 잡고 노트북을 켰다.

"일단 그전에 전화를 해야겠지?"

현우가 핸드폰을 꺼내 들었다.

─괜찮아? 다친 곳 없어?

손 부인, 아니, 태명 선배 손태명이었다.

"벌써 한국에도 기사 났냐?"

─당연히 기사 떴지. 지금 한국은 난리야. 근데 진짜 괜찮아?

"괜찮다니까?"

—아니, 너 말고. 너야 당연히 괜찮겠지.

손태명의 말에 현우가 피식 웃었다.

"다들 괜찮아. 근데 하마터면 정말 큰일이 날 뻔했어. 그건 그렇고, 공항에서 우리 도와준 분들 찾을 수 있겠어? 혹시 기사 뜬 거 있나?"

—아직은 없어. 기자님들한테 연락해서 알아볼까?

"알아봐 줘. 그분들 아니었으면 나 지금 여기서 너랑 통화 못했을걸."

—엄살은. 알았다. 알아보고 바로 연락 줄게.

"오케이."

툭.

전화가 끊겼다. 그리고 누군가가 벨을 눌렀다. 고석훈이 얼른 인터폰을 확인했다.

"누구야?"

"무형 멤버들이랑 제작진입니다."

"오케이. 들어오시라고 해."

문이 열리고 현우의 매니저인 장지석이 정훈민, 김민수와 함께 들어왔다. 제작진도 함께였다.

"현우야, 오늘 촬영은 접는 게 나을까? 아무래도 그게 낫겠지?"

장지석이 먼저 운을 뗐다. '무모한 기획사'의 촬영도 겸하고 있었기 때문에 원래 스케줄대로라면 촬영을 해야 했다. 그런데 홍콩 국제공항에서 그 사달이 벌어지고 말았다.

무형 제작진이 장지석을 통해 현우에게 의견을 구하고 있었다. 현우가 턱을 만지작거렸다. 국민 MC 장지석도 현우의 결정을 전적으로 존중할 계획이었다.

"예정대로 촬영하죠."

"현우야, 괜찮겠어? 우리야 좋다만 많이들 놀라지 않았어? 이런 상황에서 촬영을 해도 되나?"

장지석이 물었다. 현우가 살짝 웃었다. 그리고 그와 동시에 i2i 멤버들이 들이닥쳤다.

"우와! 대표님 방이라서 그래요? 침대 짱 크다! 나 여기 누워볼래!"

"나도! 나도!"

배하나와 이지수가 그대로 날아서 침대로 뛰어들었다.

"나도 간다!"

"언니들, 나도!"

하잉과 전유지도 침대로 뛰어들었다. 순식간에 숙소가 난장판이 되어버렸다. 다른 멤버들은 냉장고에서 이것저것 음료수를 꺼내 마셨다.

"얘네 뭐야? 우리만 겁먹은 거였어?"

정훈민이 황당해했다. 그리고 김은정과 함께 송지유와 엘시도 나란히 등장했다. 둘 다 태연한 표정 그대로였다.

무형 멤버들과 제작진은 할 말을 잃어버렸다. 괜히 자기들끼리 지레짐작하고 걱정하고 있었다.

"뭐 해요? 촬영 안 가요?"

송지유가 물었다.

"이거 진짜야?"

정훈민이 현우를 보며 물었다. 현우가 씩 웃었다.

"당연하죠. 저희는 프로니까요."

*　　　*　　　*

홍콩 국제공항에서 한 정거장 거리에 있는 홍콩 ASIA WORLD EXPO 아레나에 N.NET의 마크가 새겨진 버스들이 줄이어 들어섰다.

"와아아!"

미리 기다리고 있던 한류 팬들이 엄청난 호응을 보내왔다. 버스 창밖을 내다보며 현우가 혀를 내둘렀다. 리허설을 보기 위해 어마어마한 수의 중화권 팬들이 몰려와 있었다.

오늘 오전에 어울림 엔터테인먼트가 겪은 사고 때문인지 검은색 양복을 입은 경호원들이 버스에서 내리는 가수들을 철통같이 호위했다.

특히 어울림 엔터테인먼트 소속 가수의 인기가 폭발적이었다. 경호원 수십 명이 어울림 엔터 쪽으로 지원되었다. 경호원들의 호위 속에서 현우와 어울림 식구들이 아레나 안으로 들어섰다.

최대 3만 명에 가까운 인원을 수용할 수 있는 거대한 공연장이 현우와 어울림 식구들 앞에서 그 위용을 자랑하고 있었다.

"우리 가수들이 이 무대에 선다는 거죠, 형님?"

완벽하게 세팅이 된 거대한 무대를 올려다보며 최영진이 눈동자를 붉혔다. 고석훈도 말없이 감동에 젖어 있었다.

현우 역시 감회가 남달랐다. 홍인대학교 축제 무대 위에 송지유를 세운 것이 엊그제 같은데 지금 송지유는 대한민국 최고의 가요 시상식에 당당히 초대를 받았다. 어디 그뿐인가? 엘시도, i2i도 있었다.

"오빠, 떨리죠?"

오랜 기간 걸즈파워로 활동한 엘시가 넌지시 물어왔다.

"조금 떨리네."

현우가 고개를 끄덕였다. 엘시를 제외한 어울림 식구들은 이렇게 큰 무대가 생전 처음이었다.

"사실 저도 떨려요, 오빠."

"다연이 네가 떨린다고? 천하의 엘시가?"

"어울림 소속으로는 처음이잖아요. 설레기도 하고 떨리기도 하네요."

현우의 시선이 엘시의 시선을 따라갔다. 각 기획사별로 지정된 대기 구역이 있었는데 S&H 쪽에서는 Xena와 핑크플라워, 슈퍼보이스가 참가한 상태였다. 매니저들과 함께 이석우 실장의 모습도 보였다.

"아무래도 껄끄럽지?"

"화도 나요. 우리 멤버들."

엘시가 차마 더 말을 잇지 못했다. 자신이 걸즈파워에서 탈퇴만 하지 않았더라면 걸즈파워 또한 이번 시상식에 참가했을 것이다.

"언니."

송지유가 엘시의 팔에 팔짱을 끼며 위로했다. 엘시의 표정이 어두워져 있었다. 솔로 앨범으로 화려하게 재기에 성공한 후 실로 오랜만에 보는 표정이었다.

"다연아, 스케치북에서 내가 한 말 기억나?"

현우의 말에 엘시의 눈동자가 커졌다.

"약속할게. 내년 시상식에서는 걸즈파워 멤버들이랑 함께 무대에 서게 해줄게."

순간 엘시의 눈동자에 눈물이 그렁그렁 맺혔다. 현우가 쓰게 웃었다.

"지키지 못할 약속은 원래 하는 게 아니긴 한데, 이렇게 너랑 약속이라도 해야 할 것 같아서."

"오빠, 감사해요. 저도 오빠가 시키는 건 다 할게요. 벗으라면 벗고."

"다, 다연아?"

현우가 황급히 주변을 살피며 엘시의 입을 틀어막았다. 눈물이 그렁그렁해서 엘시가 웃고 있었다.

N.NET 스태프의 지휘 아래 이번 MAMA에 참가하는 가수들의 리허설이 시작되었다. 올 한 해를 뜨겁게 달군 가수들답게 리허설은 그 수준도, 규모도 남달랐다.

리허설을 지켜보는 기획사 관계자 중에서 가장 바쁜 사람은 역시 현우였다. 다른 기획사에 속해 있는 남녀 아이돌 멤버나 가수들이 연이어 현우를 찾았다.

"이야, 현우 너, 인기 좋다? 응?"

정훈민이 현우를 부러워했다. 특히 여자 아이돌 멤버에게 현우의 인기가 폭발적이었다. SNS 친구 신청에 이어 몇몇 멤버들은 소소한 선물이나 간식까지 주고 갔다.

"형은 지유 매니저 아니에요? 촬영 분량 안 채우실 거예요?"

"지유 리허설 차례까지 아직 멀었어. 그런데 현우야, 저기 저분들 어디서 본 거 같지 않냐?"

정훈민이 손가락으로 다른 기획사 관계자들이 서 있는 곳을 가리켰다. 검은색 양복을 입고 있는 경호원들이 어딘지 모르게 낯이 익었다. 순간 현우의 눈동자가 커졌다.

"아까 오전에 공항에서?"

"그래, 그 사람들 같은데? 마마 측에서 고용한 경호원들인가 봐. 가보자, 현우야."

"그러죠."

현우는 정훈민과 함께 경호원들에게로 다가갔다. 거리가 가까워지자 경호원들이 현우와 정훈민을 알아보고 눈인사를 보내왔다.

"공항에서 저희를 도와주신 분들 맞으십니까?"

"예, 맞습니다, 김현우 대표님."

"하하, 이거 여기서 뵐 줄은 몰랐습니다. N.NET 측에서 고용한 분들이셨군요?"

현우가 손을 내밀었다. 눈매가 날카로운 현우 또래의 경호원이 손을 맞잡았다.

"인력이 부족하다고 해서 저희 팀도 막 홍콩에 입국한 참이었습니다. 당연히 할 일을 한 겁니다."

"그래도 섭섭하게 그렇게 가버리시면 어떡합니까? 여기 제 명함입니다."

씩 웃으며 현우가 명함을 건넸다. 경호원도 현우에게 명함을 건네주었다.

'경호 전문팀 수호 최호연 팀장?'

현우가 빠르게 명함을 살펴보았다. 그런 다음 다시 입을 열었다.

"시간 나시면 저희 어울림에서 저녁을 대접하고 싶습니다."

"아, 그렇다면 저희야 영광입니다, 대표님."

"그럼 오늘 저녁 어떠세요?"

"예, 좋습니다, 대표님."

현우가 씩 웃었다.

*   *   *

리허설은 네 시간 만에 끝이 났다. 최영진과 고석훈에게 인솔을 맡기고 현우는 홀로 경호팀 수호의 사람들을 만나기로 했다.

사복으로 갈아입은 최호연과 팀원 몇 명이 현우를 기다리고 있었다.

"가시죠."

현우가 앞장을 섰다. 김은정이 단체 코코넛 톡으로 보내준 홍콩 맛집의 주소가 적혀 있었다. 보통 가이드북에 적혀 있는 평범한 맛집이 아니었다. 스파이시 크랩을 전문으로 판매하는 히기 크랩이라는 가게였다.

180이 훌쩍 넘는 건장한 청년 다섯이 가게 안으로 들어서자 순식간에 이목이 집중되었다. 몇몇 한국인 관광객들이 현우를 알아보고 반가워하며 사진을 찍거나 사인을 받아갔다.

현우는 영어로 대표 메뉴인 스파이시 크랩과 가리비 찜, 그리고 소고기 완자까지 넉넉하게 주문했다. 홍콩에서 많이들 마시는 로컬 맥주를 주문하는 것도 잊지 않았다.

"가격이 제법 나갈 텐데요?"

최호연이 현우에게 말했다. 홍콩의 물가도 만만치 않았고, 또 팀장인 최호연은 팀원들의 식성을 잘 알고 있었다.

현우가 살짝 웃으며 입을 열었다.

"마음 같아서는 한우라도 대접해 드리고 싶은데 홍콩에서는 이게 유명하다고 하더군요. 걱정하지 마시고 마음껏 드세요. 아, 잠시만요. 전화네요."

현우가 핸드폰을 꺼내 들었다. 핸드폰을 받자마자 여러 목소리가 섞여서 들려왔다.

─우리 버리고 여자 만나러 갔죠?

엘시였다. 현우가 피식 웃었다.

"아쉽게도 남자들인데?

─언제 올 거예요? 배고픈데.

이번에는 송지유였다.

"호텔 갈 때 스파이시 크랩 포장 좀 해갈까? 은정이가 추천해 준 곳으로 왔는데 생각보다 괜찮은 것 같아. 손님도 많고."

—대표님, 그거 무조건 포장해 오세요! 저 그거 못 먹으면 죽어요!

이번에는 배하나였다. 그리고 다른 i2i 멤버들도 포장을 해 오라며 난리가 났다.

"오케이. 잔뜩 포장해 갈 테니까 맥주 파티 콜?"

—콜! 오빠, 빨리 와요! 지유랑 샤워하고 기다릴게요!

이미 익숙한 현우와 달리 엘시의 짓궂은 장난에 최호연과 경호원들의 얼굴이 붉어졌다.

"다연이가 장난이 좀 심해서 말입니다."

"아, 예, 대표님."

최호연이 멋쩍게 웃었다. 그리고 주문한 음식들이 나왔다. 경호원들다웠다. 백 마디 말보다 행동으로 현우를 향한 호감을 보여주었다.

현우는 음식을 더 주문하느라 정신이 없었다. 텅 빈 그릇을 보며 최호연이 뒤늦게 사태를 파악했다.

"죄송합니다. 저희 팀 자금 사정이 별로 좋지 못해서 회식을 한 지가 오래되었습니다, 대표님."

우직하게 속사정을 설명하는 최호연이 현우는 마음에 들었다. 그리고 맥주병을 깨끗하기 비워낸 다음 현우가 본론을 꺼내들었다.

"최호연 팀장님, 실례가 아니라면… 저희 어울림에서 일을 해보시는 건 어떻습니까?"

"일이요?"

최호연이 게딱지를 내려놓으며 반문했다.

"오늘 아침 공항에서 일을 겪고 기획사 대표로서 많은 생각을 했습니다. 소속 연예인들의 안전 문제도 이제는 신경 써야 할 것 같다는 생각이 들더군요."

최호연이 고개를 끄덕거렸다. 우연히 같은 비행기에 타지 않았더라면 송지유나 엘시, 혹은 i2i 멤버 중 누군가가 크게 다칠 수도 있었던 일이다.

"기왕이면 아무 대가도 없이 어울림을 도와준 수호 팀에게 우리 소속 연예인들의 경호를 맡기고 싶습니다. 업계 최고 대우를 해드리죠."

우연히 찾아온 기회에 최호연과 동료들이 얼떨떨해했다. 경호 업체끼리의 경쟁도 치열했다. 또 대부분의 기획사들이 경호 인력을 일회성으로 생각하고 있었기에 그다지 돈벌이도 되지 못했다.

4대 기획사인 어울림 엔터테인먼트와 계약을 맺고 경호 업무를 본다면 확실히 안정적인 수입원이 생기게 된다.

"저희 업체보다 더 유명하고 좋은 곳도 많습니다, 대표님."

현우가 너무 쉽게 결정을 내리는 것 같아 최호연이 말을 덧붙였다. 하지만 현우는 고개를 저었다.

"아무 대가도 없이 공항에서 우리 어울림 식구들을 지켜주지 않습니까? 그러기 쉽지 않다는 것을 잘 알고 있습니다. 그에 따른 보답이라고 말씀드리면 되나요?"

"감사합니다, 대표님!"

최호연이 꾸벅 고개를 숙였다. 다른 동료들도 마찬가지였다.

*　　　*　　　*

수호 팀과 헤어지고 택시를 타고 호텔로 돌아오는 길, 현우는 손태명과 통화에 한창이었다.

―N.NET 측에서 고용한 경호원들이었다고?

"응. 우연히 리허설을 하면서 만났어. 그리고 방금 저녁 식사 하고 계약도 맺고 돌아오는 길이다."

―그쪽 인원은 몇 명인데?

"여섯 명이래. 우리 회사 규모에도 딱 맞는 수준이야. 앞으로 해외 스케줄이나 공식 행사 잡힐 때마다 도움을 받기로 했어."

―잘했다.

"잔소리 안 하네?"

—소속 연예인 안전을 담보로 도박할 생각은 없다.

"하긴, 저녁은 먹었냐?"

—먹어야지. 철용이랑 한잔하려고. 너는?

"스파이시 크랩 20인분 포장해서 가는 길이다."

—그걸 또 샀냐?

"사야지. 나보다 이걸 더 기다리는 눈치던데.

—후우, 아무튼 맥주 파티 잘해라, 김발놈.

"오케이, 태명 선배."

툭.

전화를 끊고 현우는 택시에서 내렸다. 택시 기사가 현우의
양손에 들린 스파이시 크랩 포장 봉투를 보곤 연신 웃었다.

호텔 로비에 들어온 현우는 차분하게 승강기 쪽으로 다가
갔다. 그런데 양복을 차려입은 중년인들이 현우에게로 다가왔
다.

'뭐지?'

현우가 의문을 가지려는 찰나 한 홍콩인이 영어로 말을 걸
어왔다.

"어울림 엔터테인먼트 김현우 대표님 되십니까?"

"그렇습니다만."

현우는 고개를 갸웃했다. 그러다 현우의 눈동자가 커졌다.

현우도 잘 알고 있는 유명인 한 명이 현우에게 악수를 청하고 있었다.

'이거 실화야?'

눈앞의 인물을 보며 현우는 얼떨떨했다. 홍콩 영화계의 거장이 눈앞에 서 있었다. 현우도 그의 영화를 아주 좋아했다. 한국인이라면 누구나 그의 영화를 한 번 정도는 본 적이 있을 것이다.

"김현우 대표님, 이분은……."

수행원 중 한 명이 한국말을 사용했다.

"예, 알고 있습니다. 장삼우 감독님이시죠?"

"맞습니다."

수행원이 얼른 통역을 했다. 남다른 포스를 뿜어내던 노감독이 현우에게 손을 내밀었다. 현우는 얼른 공손하게 장삼우 감독의 손을 맞잡았다.

"한국 광고 잘 봤습니다. 이 친구들이 보여주더군요. 하하!"

"아, 그걸 보셨습니까?"

현우의 얼굴이 붉어졌다. 현우가 출연한 캔 커피 광고는 1980년대 홍콩 영화계 부흥기 때의 대표적인 영화 '영웅본색'의 명장면을 패러디했다. 그리고 그 '영웅본색' 시리즈의 감독이 현우의 눈앞에 서 있었다.

'캔 커피 광고를 찍는 게 아니었어.'

창피함과 미안함에 현우는 할 말을 잃어버렸다.

"김현우 대표님, 급한 일 없으시면 잠깐 대화 좀 가능하겠습니까?"

수행원이 물어왔다. 현우가 고개를 끄덕였다. 생각지도 못한 기회였다.

"당연하죠. 영광입니다."

현우는 심장이 쿵쾅거렸다. 양손에 들고 있던 스파이시 크랩 봉지에서 스멀스멀 맛있는 향기가 풍겼다.

"감독님, 그럼 저희 숙소로 가시겠습니까?"

일단은 스파이시 크랩부터 처리해야 했다.

"그럽시다."

장삼우 감독도 고개를 끄덕였다. 승강기를 타고 숙소로 올라온 현우는 떨리는 손으로 숙소 문을 열었다.

문이 열리자 베개 하나가 날아들었다.

탁!

현우가 손을 들어 베개를 받았다. 숙소는 그야말로 전쟁터였다. 베개 싸움이 벌어지고 있었다. i2i 멤버들에 의해 엘시가 집중 포격을 받았고, 그런 엘시를 구하기 위해 송지유가 빠르게 베개를 던지며 i2i 멤버들을 격침시키고 있었다.

야구 시구 때처럼 베개가 일직선을 그렸다. 원 샷, 원 킬이었다.

"그, 그만!"

현우가 급히 베개 싸움을 말렸다. 신나게 놀고 있던 어울림 식구들의 시선이 현우에게 모아졌다.

"스파이시 크랩이다!"

"맛있겠다!"

배하나를 중심으로 i2i 멤버들이 환호성을 질렀다. 현우는 창피함에 고개를 제대로 들지 못했다. 장삼우 감독이 미소를 지으며 위트 있게 박수를 보냈다.

"오빠, 그분은 누구세요?"

장삼우 감독을 발견한 송지유가 머리카락에 붙은 거위 털을 떼어내며 물었다. 베개 더미에 깔려 있던 엘시도 고개를 갸웃했다.

"하아, 여기가 놀이터냐? 이분은 장삼우 감독님."

"……"

다들 별다른 반응이 없었다. 그게 누구냐며 눈동자를 깜빡였다. 현우가 다시 입을 열었다.

"영웅본색이랑 Face Off 찍으신 감독님이야."

순간 장내가 얼어붙었다. 송지유가 깜짝 놀라며 눈을 크게 떴다. 장삼우 감독도 송지유에게서 눈을 떼지 못하고 있었다.

"실례가 많았습니다. 죄송해요. 놀라셨죠?"

송지유가 얼른 영어를 사용했다. 할리우드까지 진출하여 홍행작을 만들어낸 장삼우 감독이 고개를 저었다.

"아뇨. 젊음은 언제 봐도 보기가 좋습니다. 송지유 양이죠? 장삼우입니다. 반가워요. 꼭 보고 싶었습니다."

"저를요?"

"그렇습니다. 그래서 무작정 호텔로 찾아온 겁니다."

i2i 멤버들도 사태를 파악하고 침대에서 내려왔다. 그리고 주섬주섬 베개와 주변을 정리하기 시작했다.

*   *   *

현우와 송지유는 장삼우 감독과 테이블을 사이에 두고 마주 앉았다. 장삼우 감독의 수행원이 서류 가방에서 두툼한 시나리오 뭉치를 내려놓았다.

"이건?"

"감독님이 새로 쓰신 시나리오입니다."

"......!"

현우는 최대한 평정을 유지하려 했다. 장삼우 감독은 처음부터 지금까지 오직 송지유만 쳐다보고 있었다.

거장의 눈빛이 부담스러울 법도 했지만 송지유는 송지유였다. 두 사람은 많은 대화를 주고받고 있었다.

"정말 그그흔을 보셨어요?"

"봤습니다. 한국에서도 유명하겠지만 중화권 내에서도 그그흔은 화제가 된 영화입니다. 뉴욕에서 촬영한 예능도 잠깐 봤습니다. 허허."

"믿기지가 않아요."

송지유의 말에 장삼우 감독이 은은한 미소를 머금었다.

현우는 조용히 시나리오를 읽어보고 있었다. 한글 번역본이었다.

시나리오를 읽어 내려가던 현우의 표정이 시시각각 변했다. 말미에는 표정이 그다지 좋지 못했다.

시나리오를 테이블 위로 내려놓으며 현우가 심각한 표정을 했다.

"오빠?"

송지유가 현우를 불렀다. 현우의 시선이 장삼우 감독에게 향했다.

"시나리오는 훌륭합니다. 그런데 시나리오에 나오는 장면들을 소화할 수 있는 배우가 존재하겠습니까?"

"오빠, 왜 그래요?"

송지유가 현우의 팔을 잡고 흔들었다. 현우의 눈동자가 송지유를 담았다.

"아무래도 이거 우리는 힘들겠다, 지유야."

"네?"

송지유가 눈을 찌푸렸다. 현우가 송지유를 똑바로 쳐다보았다.

"너 이거 찍다가 죽을 수도 있을 것 같아서 그래."

"그 정도예요?"

대화를 나누는 현우와 송지유를 보며 장삼우 감독은 표정의 변화가 없었다. 수행원도 통역을 하지 않고 있었다.

"읽어봐."

현우가 시나리오를 내밀었다. 송지유가 무릎 위에 시나리오를 올려놓았다. 그리고 천천히 시나리오를 읽어 내려가기 시작했다.

"……."

송지유의 표정도 현우와 별반 다르지 않았다. 어느 대목에서는 한참이나 당황한 얼굴을 했다. 시나리오를 다 읽은 송지유가 현우를 빤히 쳐다보았다.

"내 말이 맞지?"

"오빠."

"응."

"저 이 영화 하고 싶어요."

"뭐?"

현우가 깜짝 놀라 반문했다.

"너 제정신이야? 이걸 찍겠다고?"

"재밌잖아요. 그리고 장삼우 감독님 영화에 아무나 출연하는 줄 알아요? 오빠도 잘 알잖아요."

"그래도 나는 네가 우선이야."

"전 이 영화 할 수 있다면 하고 싶어요."

현우와 송지유 사이에 침묵이 감돌았다. 현우는 다시 시나리오를 집었다. 장삼우 감독이 들고 온 시나리오는 액션 장르의 끝을 그리고 있었다. 그리고 영화 속 여자 주인공 홀로 모든 걸 소화해야 했다.

고층 건물에서 뛰어내리는 장면도 있었고, 온갖 고난도의 무술과 총격 신, 수많은 추격 신을 포함하고 있었다. 그리고 심지어 고층 건물 신을 제외하곤 대역도 쓰지 않았다. 작품으로만 본다면 훌륭해서 감탄밖에 나오지 않았다.

하지만 스무 살밖에 되지 않은 송지유가 이 역을 소화하기에는 무리였다. 아니, 무리를 떠나서 위험했다. 어지간한 홍콩 액션 배우들도 소화하기 힘든 장면이 많았다.

조용히 상황을 관망하고 있던 장삼우 감독이 드디어 입을 열었다.

"이번 작품은 어쩌면 제 마지막 작품이 될 수도 있습니다."

그러했다. 1970년대 중반에 첫 영화를 찍은 장삼우 감독은 일흔을 앞두고 있는 노감독이었다. 1980년대 영웅본색 시리즈가 대히트를 쳤고, 90년대 중후반에는 할리우드에 진출해서 혁혁한 성과를 이루었다.

그리고 근래에는 홍콩과 중국을 오가며 기존의 장삼우 스타일과는 판이한 스토리텔링 중심의 사극 영화를 찍으며 노후를 보내고 있다는 게 세간의 평가였다. 그런데 그런 장삼우 감독이 자신을 상징하는 홍콩 느와르 장르를 다시 꺼내들었다. 지금까지 그가 만들어온 그 어떠한 액션, 느와르 영화보다도 거칠고 사나우며 직설적이었다.

그리고 이 영화의 주인공으로 송지유를 낙점한 상태였다. 노감독이 거장의 열기를 뿜어내기 시작했다.

"마지막 작품이라는 생각으로 이 영화를 찍을 겁니다. 나 장삼우의 모든 노하우와 영혼을 담을 겁니다. 기획 단계부터 주인공 캐릭터 531호를 만들어놓고 쓴 시나리오입니다. 그리고 송지유 양은 내가 찾던 531호입니다. 모든 게 완벽합니다. 송지유 양을 놓고 531호라는 캐릭터를 만들었다고 해도 과언이 아닐 겁니다."

거장 장삼우 감독이 설득하는 기이한 풍경이 벌어졌다. 송지유도 팔짱을 끼고 간절한 눈빛으로 현우에게 조르고 있었다.

잠시 생각에 잠겨 있던 현우가 장삼우 감독을 쳐다보았다.

"액션 신, 총격 신 같은 경우 우리 지유가 100프로 소화해야 하는 겁니까?"

"그렇습니다. 홍콩 영화계가 자랑하는 최고의 무술팀이 송지유 양을 도울 겁니다. 완벽한 531호로 만들어줄 겁니다."

"오빠."

송지유도 계속해서 현우를 졸랐다. 현우가 입술을 깨물었다. 거장의 영화였다. 그리고 거장이 송지유를 생각하며 만든 캐릭터라고 직접 설득해 오고 있었다.

충분히 구미가 당겼다. 문득 고개를 돌리니 엘시도 고개를 끄덕였다.

"장삼우 감독님은 촬영 때 실제 총기를 사용한다고 들었습니다만……."

"그렇습니다. 하지만 지금까지 단 한 번도 사고가 난 적이 없습니다."

"생각을 더 해보겠습니다."

현우는 쉽사리 결정을 내리지 못했다. 장삼우 감독이 만드는 느와르 액션 영화였다. 하지만 현우가 보기에 이번 영화는 위험한 장면이 많았다. 장삼우 감독 본인도 인정하고 있는 바였다.

조금은 신중하고 싶었다.

*   *   *

장삼우 감독이 수행원들과 함께 돌아가고 숙소에는 현우와 송지유 둘만 남아 있었다. 송지유와 현우 사이에 어색한 기류가 흘렀다.

처음으로 의견이 엇갈리고 있었다.

송지유가 팔짱을 낀 채 물었다.

"왜 못 하게 하는 건데요?"

"못 하게 한 적 없어. 조금 더 고려해 본다고 한 거지."

"그러다 다른 배우한테 역이 돌아가면요?"

"내 생각엔 너 말고 저 역을 하겠다고 할 배우는 절대 없을 거 같은데?"

"그건 모르는 일이에요."

"아니, 없을걸. 장삼우 감독님 영화 본 적 있어?"

"조금요."

"액션, 총격 신 하면 장삼우야. 그런 양반이 주인공이 여자라고 해서 적당히 할 것 같아? 유희였다면 오케이했을 수도 있어. 유희는 배우니까. 하지만 넌 배우이기 전에 가수야. 본업이 있는데 위험한 액션 영화에 선뜻 출연을 결정할 기획사 대표는 없어."

현우가 냉정하게 설명했다. 송지유가 입을 삐죽 내밀었다. 현우의 말이 구구절절 맞았기 때문이다.

"하지만 하고 싶어요."

"그분 영화는 달라. 하고 싶다고 할 수 있는 게 아니야. 무술 배우고 스턴트 배우려면 최소 몇 달이 걸릴 수도 있어. 그래도 할 거야?"

"네."

송지유도 물러서지 않았다.

"고집 한번 세네."

"오빠도 만만치 않거든요? 소속 연예인이 하고 싶다는데, 그것도 장삼우 감독님 영화인데 세상에 어느 대표가 거절해요? 제정신이에요?"

송지유의 말도 틀린 말은 아니었다. 어쩌면 진정한 배우로서의 입지를 다질 수 있는 좋은 기회였다. 맥주를 한 모금 넘긴 현우가 입을 열었다.

"좋아, 그럼 우선 한 달 동안 기초 스턴트랑 무술부터 배워보자. 대신 중간에 다치거나 무슨 일 생기면 바로 스톱할 거야."

"오빠, 고마워요."

"네 고집을 누가 꺾겠어?"

"감독님한테 연락해요. 빨리."

"지금?"

"네."

"너 진짜 후회 안 할 거야? 나중에 힘들다고 울 수도 있어."

"그럼 오빠가 잘 달래주겠죠, 뭐."

"하아!"

현우는 혀를 내둘렀다. 송지유가 배시시 웃었다. 송지유가 웃자 현우도 그냥 웃음이 나왔다.

*   *   *

"와아아!"

수많은 인파가 홍콩 ASIA WORLD EXPO 아레나를 둘러싸고 있었다. 이번 N.NET 뮤직 어워드에 참가하는 한류 가수들을 보기 위해 몰려든 중화권 팬들이었다.

"어울림이다! 어울림 엔터다!"

"진짜다! 송지유! 송지유!"

"엘시! 사랑해!"

"i2i 짱! i2i 짱!"

중화권 팬들이 레드카펫을 밟고 있는 어울림 소속 연예인들을 보며 함성을 토해내었다. 한국에서 온 기자는 물론이고 홍콩과 중화권 매스컴에서도 연신 플래시를 터뜨렸다.

포토 존에 서서 어울림 식구들이 손을 흔들었다. 그리고 인터뷰가 시작되었다. 먼저 홍콩 연예 매체에서 질문을 던졌다.

"김현우 대표님, 홍콩은 첫 방문이신데요, 홍콩에 대한 소감과 이번 시상식에 대한 소감을 말씀해 주시겠습니까?"

통역을 전해 들은 현우가 고개를 끄덕이며 입을 열었다.

"야경도 아름답고 정말 좋습니다. 스파이시 크랩도 맛있었습니다. 어젯밤에 소소하게 맥주 파티를 했거든요. 그리고 무엇보다 저희 어울림 소속 가수들을 사랑해 주시는 많은 팬을 직접 만나게 되어 기분이 참 좋습니다."

이번에는 다른 매체들이 연이어 손을 들었다.

"어젯밤에 장삼우 감독님과 접촉하셨다는 소문이 돌고 있는데요. 송지유 씨가 장삼우 감독님의 영화에 주연으로 낙점되었다는 소문도 돌고 있습니다. 이에 대해 말씀해 주시겠습니까, 김현우 대표님?"

홍콩 기자의 질문에 현우의 눈썹이 휘었다.

'파파라치한테 사진이 찍힌 건가?'

현우는 홍콩 기자들의 정보력에 놀랐다. 한복 드레스 차림의 송지유가 현우를 쳐다보고 있었다. 현우가 걱정하지 말라는 눈빛을 보냈다.

현우가 진행자로부터 마이크를 건네받았다. 함성을 지르고 있던 중화권 팬들도 입을 다물고 현우를 주시하고 있었다.

"캐스팅 확정 단계는 아닙니다. 하지만 긍정적으로 검토 중입니다. 지유 본인도 긍정적으로 생각하고 있습니다."

현우의 말을 전해 들은 중화권 팬들이 환호성을 질러댔다.

요즘 한국에서 가장 인기 있는 연예인을 꼽자면 송지유였다. 그런 송지유가 장삼우 감독의 영화에 출연한다는 사실에 큰 자부심을 느끼고 있었다.

"혹시 캔 커피 광고의 영향이 있었나요? 김현우 대표님도 출연하면 재미있을 것 같은데요?"

중국 쪽 기자가 엉뚱한 질문을 던졌다. 현우가 피식 웃었다. 중화권 팬들도 웃음을 터뜨렸다.

"그렇지 않아도 장삼우 감독님께서 캔 커피 광고가 인상적이었다고 말씀하시더군요. 하지만 영화에 출연할 생각은 없습니다. 영화를 망칠 순 없죠."

엉뚱한 질문에도 친절하게 답변하는 현우를 향해 중화권 팬들이 박수를 쳐주었다.

"어울림 F4 다른 멤버 분들은 어디에 계신지요?"

"예?"

현우가 머리를 긁적였다. 중화권 팬들이 또 웃음을 터뜨렸다.

"음, 태명 선배라고들 하죠? 태명 선배는 한국에서 회사 업무를 보고 있을 겁니다. 그리고 최영진 팀장이랑 고석훈 매니저는… 아, 저기 있네요!"

현우가 얼른 손짓했다. 최영진과 고석훈이 서둘러 포토 존으로 올라왔다. 플래시 세례가 쏟아졌다. 최영진과 고석훈이 어색한 표정을 지으며 기자들과 팬들의 요청에 자세를 잡아주었다.

현우도 마찬가지였다. 주머니에 손까지 넣고 포즈를 취해주었다.

"누가 보면 우리 오빠들 연예인이라고 생각하겠다. 그렇지?"

엘시가 입을 가리고 웃었다.

"연예인 병 걸리는 거 아니에요? 요즘 부쩍 슈트만 입고 다니던데."

송지유가 현우의 등을 쳐다보며 말했다. 엘시가 눈동자를 빛냈다.

"대신 멋있잖아."

"......"

송지유도 침묵으로 긍정을 표시했다.

뒤이어 송지유와 엘시, i2i 멤버들에게도 질문이 쏟아졌다. 앞서 레드카펫을 밟은 다른 가수들에 비해 어울림 소속 가수들을 향한 관심은 유난히 뜨거웠다.

기자의 질문 타임이 끝나고 현우와 어울림 소속 가수들이 들어갈 채비를 하자 중화권 팬들의 탄식이 쏟아졌다.

홍콩 쪽 진행자가 시간을 확인하곤 현우를 쳐다보았다.

"김현우 대표님, 아직 시간이 조금 있습니다. 마지막 순서로 들어오신 김에 질문 순서를 가지는 건 어떨까요?"

홍콩 진행자의 제안에 중화권 팬들이 환호성을 질렀다. 현우도 피식 웃으며 고개를 끄덕였다. 그러자 기다렸다는 듯 중화권 팬들이 손을 들었다. 홍콩 진행자가 송지유의 여자 팬한 명에게 마이크를 내밀었다.

"지유 언니! 정말 잠이 많아요?"

능숙하게 한국말로 질문했다.

"아니요. 그렇게 많지는 않아요."

"아닌데? 지유 오늘도 열 시간 넘게 잤는데?"

엘시가 끼어들었다. 송지유가 눈을 치켜뜨고 엘시를 째려보았다. 그러더니 풋 웃었다.

"네, 맞아요. 사실 지금도 졸려요. 노래 부르다가 졸면 큰일인데."

송지유의 농담에 중화권 팬들이 웃음을 터뜨렸다. 홍콩 진행자가 이번에는 엘시의 남자 팬에게 마이크를 건넸다.

"다연 누나! 김현우 대표님은 결혼 상대로 어떤가요?"

"네?"

엘시가 눈을 크게 떴다. 그러더니 헤헤 웃었다.

"나쁘지는 않은데 의남매끼리는 그러는 거 아니에요. 뭐, 오빠라고 하다가 아빠가 되긴 하지만."

"그럴 일 없습니다."

현우가 정색을 했다.

"와~ 단호하시네!"

엘시가 현우를 확 노려보았다. 중화권 팬들이 즉석에서 벌어지는 어울림 엔터테인먼트표 콩트에 정말로 행복해했다.

그리고 i2i 멤버들에게 순서가 돌아오자 장내가 떠나갈 듯 소란스러워졌다. 역시 가장 핫한 아이돌 그룹다웠다.

"안녕하세요. 소녀들의 꿈은 무대 위에 i2i입니다!"

멤버들이 입을 모아 구호를 외쳤다. 엄청난 열기가 휘몰아쳤다. 시상식에 동원된 경찰 인력이 힘들어할 정도였다.

특히 젊은 청소년 팬 사이에서는 이솔의 인기가 절대적이었다. 이솔의 이름을 연호했다. 이솔이 얼굴을 붉히며 고개를 들지 못했다.

*　　　　*　　　　*

"아빠, 빨리 와!"

신지혜가 병원 복도를 종종걸음으로 걷고 있었다. 신현우는 분주한 큰딸을 보며 희미한 미소를 머금었다. 요 근래 드라마에 출연하면서 큰딸은 더욱 어른스러워졌다. 가끔은 아이 같지 않게 느껴져 마음이 짠하기도 했지만 대견한 마음이 더 컸다.

복도를 지나가는데 간호사들과 환자 보호자들이 신현우 부녀를 알아보며 인사를 건네었다. 사인 요청도 쇄도했다.

　신현우를 재촉하던 신지혜가 아줌마 팬들에게 사인을 해주기 시작했다.

　"네, 따님 이름이 수지예요? 금방 나을 거니까 힘내세요, 아줌마. 우리 지선이도 수술 잘하고 이제 건강해질 거래요."

　적극적으로 환자 보호자들에게 위로의 말까지 전하고 있었다. 그 모습을 보며 신현우는 얼굴 가득 미소를 머금었다.

　"아빠, 왜?"

　사인을 끝낸 신지혜가 고개를 갸웃했다. 신현우가 픽 웃었다.

　"우리 지혜는 연예인이 다 되었구나. 아빠보다 사인도 잘하는 것 같아."

　"삼촌이 그랬어. 연예인은 팬들이 가장 소중한 재산이래. 팬들이 없으면 연예인도 없는 거라고. 그러니까 아무리 피곤하고 힘들어도 팬들이 사인해 달라고 하고 사진 찍어달라고 하면 꼭 해주라고 했어."

　"그랬어? 말도 잘 듣고 착하다, 우리 딸."

　"응. 그리고 연예인의 작은 한마디가 그 팬에게는 큰 힘도 되고 위로도 될 거라고 했어."

　"삼촌이 잘 가르쳤구나, 우리 지혜를."

　"응! 아빠, 이제 하겠어! 얼른 가자!"

신지혜가 신현우의 팔을 잡아끌었다. 복도 끝에 위치한 1인 병실 안으로 신현우 부녀가 들어섰다. 그리고 순간 신현우의 얼굴이 살짝 굳어버렸다.

"아빠? 언니?"

신지선이 아빠와 언니를 반겼다. 그런데 그 옆에 이진이 작가가 보였다. 신현우가 이진이 작가를 빤히 쳐다보았다.

"작가 선생님이 여긴 어쩐 일로 오신 겁니까?"

"아빠, 내가 선생님 보고 싶다고 했어."

"……"

신지선의 말에 신현우는 아무런 말도 하지 못했다. '무모한 기획사' 특집을 위해 인터뷰를 몇 차례 진행했고, 그때부터 이상하게도 딸들이 이진이 작가를 잘 따랐다. 특히 막내딸 지선이 유난히도 이진이 작가를 좋아했다.

"홍콩 안 가셔도 되는 겁니까?"

신현우가 물었다. 이진이 작가가 고개를 끄덕거렸다.

"저까지 가면 신현우 씨랑 지혜는 누가 찍겠어요."

"그렇긴 하죠."

신현우가 쓰게 웃었다. 둘 사이에 어색한 침묵이 흘렀다. 가만히 상황을 보고 있던 신지혜가 신현우를 이진이 작가 옆에 앉게 했다.

그러더니 냉장고에서 과일을 꺼내 과도와 함께 이진이 작가에게 건넸다.

"선생님, 사과 깎아주세요."

"지혜, 사과 먹고 싶니?"

"네. 우리 아빠도 사과 진짜 좋아해요."

"지혜는 늘 효녀네? 아빠도 잘 챙기고."

이진이 작가가 조용히 웃으며 사과를 깎기 시작했다. 신지혜와 신지선이 이진이 작가 옆에 붙어서 도란도란 수다를 떨었다.

"지선이가 선생님 보고 싶다고 매일 그랬어요."

"정말? 나도 보고 싶었는데."

"저는 안 보고 싶었어요?"

"지혜도 보고 싶었지."

"헤헤."

이진이 작가가 사과를 자그맣게 깎아 신지혜에게 주었다. 신지선에게는 멸균 처리가 된 복숭아 통조림을 그릇에 따로 챙겨주었다.

이제야 신현우가 주변을 둘러보았다.

"……."

병실 이곳저곳이 깔끔하게 정리되어 있었다. 무엇보다 어린 딸들에게 필요한 갖가지 물품들이 보였다. 이진이 작가가 인터뷰를 위해 병실을 찾아오며 남기고 간 흔적이었다.

'엄마의 손길이라는 게 이런 거구나.'

나름 정성을 쏟는다고 생각했는데 딸들에게 미안해졌다. 그리고 인터뷰도 모자라 병원을 찾을 때마다 살뜰히 딸들을 챙겨주는 이진이 작가에게 고마웠다.

"감사합니다, 작가 선생님."

"네? 갑자기……?"

이진이 작가가 눈을 동그랗게 떴다. 신현우가 무작정 감사하다고 말했다. 그러다 뒤늦게 신현우가 무슨 말을 하는지를 깨달았다. 이진이 작가의 얼굴이 붉어졌다.

"제, 제가 평소 조카들도 예뻐하고 그러거든요. 지선이랑 지혜가 잘 따르기도 해서… 겸사겸사."

이진이 작가는 말까지 더듬었다. 신현우가 살짝 웃었다.

"그게 감사하다는 겁니다."

"네, 뭐……."

이진이 작가가 조그맣게 대답했다.

그사이 신지혜가 얼른 TV를 켰다. 홍콩에서 생방송으로 진행되고 있는 N.NET 뮤직 어워드 레드카펫이 실시간으로 중계되고 있었다.

"삼촌이랑 언니들이다!"

신지혜가 TV 속 현우와 어울림 식구들을 반겼다. 신지선도 환한 얼굴로 TV를 들여다보았다. 홍콩에 모인 중화권 팬들이 어울림 식구들에게 열광하고 있었다. 수많은 팬들에게 둘러싸인 어울림 언니들을 보며 신지혜가 부러운 표정을 지었다.

"지유 언니랑 엘시 언니랑 다들 너무 멋있지?"

"네, 선생님. 부러워요."

"지혜도 가수 할 거니, 아니면 배우만 할 거야?"

이진이 작가가 물었다.

"저는 배우가 좋아요. 가수는 지선이가 하면 되잖아요."

"응, 다 나으면 가수 할 거예요."

"그러니?"

"네!"

신지선이 밝게 웃으며 말했다. 신현우가 그런 딸의 볼을 쓰다듬었다. 수술도 성공적으로 끝났고 변수가 없는 한 회복세라는 진단이 내려졌다.

"현우 삼촌이 바쁘겠다."

"아빠, 삼촌 믿고 하는 거잖아. 우리 다."

"그렇지."

신현우가 작게 웃었다. 요즘 들어 딸은 무슨 일만 생기면 현우 삼촌을 찾고 있었다.

"아빠."

"응."

"아빠도 저기 있었으면 좋았을 텐데."

신지혜가 아쉬운 표정을 했다. 신현우는 아직 앨범 작업 중이었다. 공식적으로 활동을 하지 않았기 때문에 홍콩행 비행기에 몸을 실을 수가 없었다.

"앨범 나오면 내년에는 꼭 저기 가실 거야, 지혜야."

이진이 작가가 신현우 대신 대답했다.

"그럼 그때 선생님도 같이 가요!"

"응? 나도?"

"같이 가요, 선생님!"

신지선까지 이진이 작가에게 졸랐다. 신현우는 그저 조용히 웃고만 있었다.

＊　　　　＊　　　　＊

"와아아!"

엄청난 환호성이 ASIA WORLD EXPO 아레나를 가득 채웠다. 형형색색의 화려한 조명이 거대한 공연장 안을 수놓고 있었다.

송지유와 엘시를 선두로 i2i 멤버들이 공연장 안에 모습을 드러내었다. 그리고 어울림 엔터테인먼트에 지정된 좌석으로 이동을 시작했다. 사방에서 팬들이 손을 뻗으며 이름을 연호했다.

그리고 어울림 엔터 소속 가수들답게 팬 서비스도 훌륭했다. 송지유와 엘시, i2i 멤버들은 팬들과 눈을 맞추고 손까지 잡아주었다.

"갓 현우! 사랑해!"

"현우 오빠! 여기 좀 봐주세요!"

현우의 인기도 만만치가 않았다. 어쩌 한국에서보다 중화권에서 현우의 인기가 더욱 높았다. 현우도 팬들에게 사인을 해주고 또 셀카도 남겨주었다. 그렇게 공연장을 돌고 돌아서 어울림 식구들은 겨우 지정석에 자리할 수 있었다.

마지막으로 어울림 엔터 식구들이 자리를 잡자 본격적으로 N.NET 뮤직 어워드가 시작되었다. 진행자는 영화를 통해 미국 할리우드까지 진출한 솔로 남자 가수 샤인이었다. 한류 스타로서 인기가 높은 샤인의 등장에 공연장이 다시 소란스러워졌다.

"안녕하세요, 여러분? 오랜만입니다. 샤인입니다."

샤인이 영어와 한국어로 두 번 인사를 했다. 중화권 팬들이 뜨겁게 화답했다.

샤인이 진행하는 사이 어울림 엔터테인먼트 지정석에는 긴장감이 감돌고 있었다. 엘시가 자리에서 일어나 스태프들과 함께 무대 뒤쪽으로 향했다. 현우도 함께였다. 마지막으로 헤어지기 전 현우가 엘시를 붙잡았다.

"잘할 수 있지?"

스태프들과 이야기를 나누던 엘시가 고개를 돌렸다.

"그럼요. 저 엘시잖아요."

"오케이. 밑에서 응원하고 있을 테니까 마음 편히 공연해."

"중간에 하트라도 보내줄까요?"

"그러다 기사 뜬다. 우리 사이에 열애설은 한 번이면 충분하지 않을까?"

현우가 피식 웃으며 말했다.

"하여간 철벽이라니까."

엘시가 일부러 아쉬운 표정을 했다. 현우는 그저 빙그레 웃고만 있었다.

*　　　　*　　　　*

이번 연도 N.NET 뮤직 어워드의 화두는 단언컨대 어울림 엔터테인먼트였다. 신인 가수이던 송지유와 신인 아이돌 그룹이던 i2i가 혜성같이 데뷔하며 가요계에 한 획을 그어버렸다.

어디 그뿐인가? 걸즈파워에서 어울림으로 이적을 한 엘시의 리메이크 앨범과 솔로 앨범도 초대박이 났다.

음악에 대해 관심이 없는 사람들까지 이번 시상식이 어울림의 잔치가 될 것이라 확신하고 있었다.

―어울림에서 싹쓸이하겠지?

―ㅇㅇ 당연한 거 아님? 데이터가 증명하는데.

―지금 관건은 송지유, 엘시, i2i 중에 누가 더 많이 상 타느냐 아님?

―ㅋㅋㅋ, 집안싸움 볼 만하겠다.

―김현우 대표만 신난 거지. ㅋㅋ

―ㅇㅈ 김태식 대표만 신남. ㅋㅋㅋ

때마침 카메라가 어울림 지정석에 앉아 있는 현우를 잡아 주었다. 말끔한 슈트 차림의 현우를 보자 중화권 팬들이 비명을 질러댔다.

현우는 스크린을 보며 손을 흔들어주었다.

―뭐야? 김발놈 인기가 이렇게 많아? ㅋㅋ

―어울림 F4 수장인데 이 정도 인기는 당연!

―아예 배우로 데뷔하지? ㅋㅋ

―한국에서야 김태식, 김발놈이지 외국에서는 인기 나름 많다고 들음.

―뭐, 김현우 대표님 정도면 훈훈하지. ㅋ

중화권 팬들 덕분에 한국에서도 현우의 주가가 오르고 있었다. 그리고 진행자인 월드 스타 샤인이 첫 무대를 선포했다.

"첫 무대는 대한민국 아이돌의 왕!"

샤인이 미처 다 말을 끝내기도 전에 공연장에 모인 팬들이 엘시의 이름을 연호했다.

"맞습니다! 아이돌의 왕, 엘시!"

거대한 스크린으로 1990's라는 연도와 함께 대한민국 가요계를 주름잡던 옛 가수들이 차례로 등장했다. 그리고 201×년 ×월 ×일, 즉 엘시의 리메이크 앨범 발매 날짜에 맞추어 무대 위로 어둠이 내려앉았다.

모두가 숨을 죽였다. 그때였다. 웅장한 리얼 스트링과 함께 엘시가 홀로 무대 위에 솟아올랐다. 하얀색 벙거지 모자에 동그란 안경을 쓴 엘시가 무대 아래를 향해 손짓했다.

지정석에 앉아 있던 배하나와 이지수가 입고 있던 롱 패딩을 벗어젖히며 무대 위로 향했다.

"와아아!"

팬들이 뜨거운 환호성으로 화답했다.

그리고 본격적으로 첫 공연이 시작되었다.

1992년도에 발매된 오래된 곡임에도 중화권 팬들이 엘시의 노래를 따라 부르기 시작했다. 장관이 펼쳐졌다.

―주모! 와! 대박! 해외 팬들이 이 노래를 알아? ㅋㅋ

―신기하긴 하다. ㅋㅋㅋㅋ

―춤까지 따라 추는데?

―헐? 뭐지?

―설마?

―진짜다! 진짜가 나타났다!

갑자기 온라인이 난리가 났다. 공연장의 열기도 더욱 뜨겁게 달아오르기 시작했다. 한쪽 벽이 스르르 열리며 태지보이스의 중심이던 그가 나타난 것이다.

전설의 등장에 현우의 입이 귀에 걸려 있었다. 첫 오프닝 공연부터 어울림 소속 가수인 엘시가 역대급 무대를 연출하고 있었다.

*   *   *

엘시가 리메이크 앨범에 수록된 '난 알아요'에 이어 솔로 데뷔곡인 'Rain Spell'을 열창했다. '유시열의 스케치북'에서 엄청난 호평을 받은 어울림 3대 갓의 콜라보 무대가 다시 펼쳐졌다.

공연장 전역으로 큰 인기를 끈 엘시의 뮤직비디오도 흘러

나왔다.

이솔이 클래식 피아노를, 송지유는 클래식 기타를 연주하며 엘시를 지원 사격 했다. 화면에 어울림 3대 갓이 한 번에 잡히자 공연장은 물론이고 온라인 세상도 난리가 났다.

─갓 지유! 엘시 갓! 갓부기! 어울림 3대 갓!
─은혜롭다! 3대 갓이 또 한 무대에 서다니! ㄷㄷ
─진짜 이번 시상식은 어울림이 다 해주는 듯. ㅋㅋ
─죽어도 여한이 없다. 노래 진짜 좋다.
─솔부기가 만든 노래임! 뿌듯해! ㅋㅋ

현우도 팔짱을 낀 채 진지한 얼굴로 무대를 주시하고 있었다. 첫 공연부터 시작해 현우가 엘시의 공연에 유난히 공을 들인 까닭이 있었다. 바로 옆 구역에 모여 있는 S&H 쪽 사람들 때문이었다.

올 한 해는 어울림 엔터테인먼트의 해라고 불러도 과언이 아니긴 했지만 S&H의 성적도 만만치 않았다. 최고의 남자 아이돌 그룹인 슈퍼보이스는 올해 초에 활동해서 큰 인기를 끌었다. 핑크플라워도 i2i의 정식 데뷔 전까지는 음악 방송 1위 자리를 놓치지 않았다. 물론 송지유에게는 번번이 패배했지만 말이다.

그리고 Xena라는 대형 신인이 존재했다.

비록 엘시가 솔로 앨범을 발매하며 음원 차트를 비롯해 음악 방송 1위 자리를 내놓기는 했지만 절대 무시할 상대가 아니었다.

그리고 어울림 엔터테인먼트가 신생 기획사라면 S&H는 관록의 거대 기획사였다. 벌써 수상을 놓고 각종 온라인 플랫폼은 전쟁터가 되어 있었다.

─솔직히 어울림 가수들이 상 타야지. ㅇㅈ?

─송지유와 엘시의 싸움이지.

─11주 연속 1위 기록 i2i는 무시함? ㅋㅋ

─송지유의 종로의 봄이랑 낙엽편지 음원 스트리밍 역대 최다 기록, 최장 기간 1위 기록 무시함? ㅋㅋㅋ

─엘시 솔로 앨범 한국에서만 30만 장 팔림. ㅋㅋ, 그리고 음원 차트 1위 아직도 엘시 갓 노래임. ㅇㅇ

─와, 진짜 누가 탈지 박빙이네?

─솔직히 솔로 가수로서는 Xena지.

─그렇지. Xena가 타야지. 송지유는 솔직히 비주얼발 아님? 너무 과대평가.

─핑크플라워가 탈 거임! ㅇㅇ

─와, 미쳤네! 제나랑 핑크플라워도 인기 많은 건 알겠는데 송

지유, i2i랑은 비교하지 말자. 인간적으로 S&H 알바인지 아니면 팬인지는 모르겠는데 양심이 없네?

　—송지유가 과대평가라고? ㅋㅋㅋㅋ, 어이 털리네.

　—어울림이 상 타면 솔직히 재미없음. 뻔해서

　—뭔 소리야? 상 탈 만해서 타는데 재미 이야기가 왜 나오지?

　—S&H가 주특기 로비했으면 모르는 일이긴 해. ㅋㅋ

　—로비 드립 또 나오죠? 어울림 팬덤들 역겹죠?

　—응. 엘시 노예 계약.

　—S&H 팬덤은 엘시 사건 보면 깨닫는 거 없나? ㅋ

　—ㅋㅋㅋㅋㅋ, 뼈 때리네, 윗분?

　어울림 팬덤의 숫자가 훨씬 많았지만 S&H 쪽 팬덤도 만만치가 않았다. 인터넷에서 뜨겁게 논쟁이 붙고 있는 사이 엘시의 무대가 끝이 났다.

　뒤이어 다른 기획사 소속의 아이돌 그룹과 가수들의 무대가 펼쳐졌다. 하지만 이번 시상식의 주인공은 역시나 어울림 소속 가수들이었다.

　"많이들 기다리셨습니다. 한국을 넘어 아시아 최고의 아이돌 그룹! 소녀들의 꿈은 무대 위에! i2i!"

　샤인이 유난히도 힘차게 i2i를 소개했다. 공연장에 모인 팬들 중 가장 많은 숫자가 i2i의 팬이었다. 다국적으로 이루어진 프로젝트 그룹의 위용이었다.

"와아아!"

공연장이 떠나갈 듯 흔들렸다. 무대를 마치고 돌아온 엘시가 귀를 막을 정도였다.

"오빠! 질투 나요! 저도 다음 i2i 앨범에 합류할게요!"

엘시가 현우의 귓가에 소리쳤다. 현우가 피식 웃으며 오케이 사인을 보냈다. 그러다 현우가 눈을 크게 떴다. 무모한 형제들의 멤버이자 매니저가 된 오남철이 무대 위까지 i2i 멤버들과 함께 걸음을 옮기고 있었다.

특유의 과장된 액션으로 i2i 멤버들을 보호하는 연출을 하고 있었다.

"뭐야, 저 형?"

확실히 예능 감각이 살아 있었다. 무형 제작진의 얼굴이 밝아졌다.

그리고 i2i의 무대가 펼쳐졌다. 앞서 펼쳐진 다른 아이돌 그룹과는 차원이 다른 무대였다. 특히 이솔이 한동안 쓰지 않고 있던 가면을 쓰고 나타나자 공연장이 뒤흔들렸다.

ㅡ갓부기 등장! 일본 진출 때문에 얼굴 보기 힘들었어!

ㅡi2i 완전체 눈물 난다. ㅠㅠ

ㅡ무대가 꽉 차 보임! ㅋ

―감동의 가면 퍼포먼스! 지린다!

온라인도, 그리고 공연장에서도 찬사가 쏟아졌다. 그러다 카메라가 어울림 엔터테인먼트 지정석으로 다가왔다.

엘시는 이미 일어나서 i2i의 안무를 따라 하는 중이었다. 카메라가 가만히 앉아 있는 송지유를 비췄다.

"와아아!"

팬들이 기대감 어린 함성을 질러댔다.

"지유야! 춤!"

엘시가 송지유를 쳐다보며 말했다. 송지유가 살짝 당황한 얼굴을 했다. 그러다 풋 웃고는 자리에서 일어났다.

"오오!"

공연장에 모인 팬들이 탄성을 질렀다. 그리고 송지유도 상체를 살랑살랑 흔들며 i2i의 안무를 따라서 추기 시작했다.

―ㅋㅋㅋㅋㅋㅋ, 갓 지유 춤춘다!

―헐? 송지유가 춤을?

―아니, 잘 추는 게 더 신기해. ㅋㅋ

―제법인데, 송지유? ㄷㄷ

―송지유가 춤을 춘다고? 몸치 아니었어?

―아닌 듯. ㅋㅋㅋㅋㅋㅋ

그러다 이번에는 카메라가 현우 쪽으로 넘어왔다. 송지유를 보며 웃고 있던 현우의 얼굴이 그대로 굳어버렸다.

"왜 또 나야?"

아직도 백룡영화제에서의 기억이 생생했다. 현우는 송민혁처럼 까닥까닥 고개만 흔들었다.

─김태식 빼는 거봐. ㅋㅋㅋ

─암요, 암요. 어울림 F4이신데 그런 막춤은 이제 안 되는 거죠! ㅋㅋ

─송민혁 춤 아님, 저거? ㅋㅋ

─송민혁 의문의 굴욕행. ㅋㅋㅋ

그리고 '소녀는 무대 위에'의 마지막 엔딩 장면을 이솔이 가면을 벗으며 장식했다.

묘한 미소를 머금고 있는 이솔을 카메라가 연이어 클로즈업으로 잡았다. 프아돌의 명장면을 이솔이 다시 연출해 낸 것이다.

열광적인 환호 속에서 '소녀K 매직'의 무대가 연이어 펼쳐졌다.

그리고 스태프들이 서둘러 어울림 엔터테인먼트의 지정석

을 찾았다.

"지유 씨, 다음 무대 준비해야 합니다!"

"네, 알겠어요."

송지유가 자리에서 일어났다. 그러고는 현우를 불렀다.

"오빠."

"응?"

"같이 가요."

"오케이. 내가 송지유 에스코트해 줘야지."

현우와 송지유가 무대 뒤쪽으로 사라졌다.

이번 시상식의 유력한 주인공으로 꼽히고 있는 송지유의 무대가 시작되려 하고 있었다.

*   *   *

3만 명이 넘는 팬으로 가득 들어찬 홍콩 ASIA WORLD EXPO 아레나가 침묵에 물들어 있었다. 고요한 무대 위로 연분홍색 조명과 연보라색 조명이 쏟아졌다.

"와아아!"

팬들이 엄청난 환호성을 쏟아내었다.

연분홍색과 연보라색을 상징하는 가수가 누구인지 모르는 사람은 존재하지 않았다. 무대가 열리며 개나리 색깔 원피스를 곱게 차려입은 송지유가 모습을 드러내었다.

—최종 병기 등장!

—갓 지유가 오셨습니다! 여러분!

—와! 미모 실화냐? 컴퓨터 그래픽 아니야? ㅋㅋ

—개나리 원피스 저거 오랜만이다! ㄷㄷ

—여왕님 포스 미쳤다, 진짜!

송지유의 등장에 온라인도 들썩였다. 그간 휴식기를 보내느라 대외 활동이 전혀 없었던 송지유이다. 여왕의 귀환이었다. 송지유가 걸음을 옮길 때마다 공연장 곳곳에서 홀로그램으로 만들어진 낙엽이 떨어졌다.

장관이 펼쳐졌다. 그리고 공연장이 떠나갈 듯 큰 함성이 쏟아졌다.

"……."

특유의 무표정으로 송지유가 천천히 무대 중앙에 섰다. 사방에서 카메라가 송지유를 클로즈업으로 잡았다.

송지유의 미모에 팬들이 넋을 잃었다.

—오늘 왜 이렇게 예쁨? 와!

—원래 예뻤는데 새삼 시상식에서 보니까 더 예쁜 거임.

—저길 갔어야 하는 건데. ㅋㅋ

—진짜 얼굴이 다 해. ㅋㅋ

—얼굴 천재라는 별명이 괜히 붙은 게 아님.

송지유가 작은 원목 의자에 앉았다. 그리고 무대 아래를 향해 손을 뻗었다.

쾅! 쾅!

조명이 연이어 밝혀지며 현우가 등장했다. 별안간 현우가 모습을 드러내자 팬들은 난리가 났다. 현우의 손에는 송지유 전용 클래식 기타가 들려 있었다.

현우가 피식 웃으며 천천히 무대를 걷기 시작했다. 허공에서 떨어지는 홀로그램 낙엽들을 헤치고 가는 그 모습에 팬들이 숨을 죽였다.

—연출 보소. ㅋㅋㅋㅋㅋ

—확실히 송지유랑 김현우 이야기는 역대급임.

—WE TUBE에 올라와 있는 홍인대학교 축제 무대 패러디. ㅋㅋㅋㅋ

—스토리텔링 훌륭한데?

무대 위로 올라온 현우가 송지유에게 클래식 기타를 건넸다. 송지유가 현우를 보며 생긋 웃었는데 또 그 모습에 공연장이 떠나갈 듯 함성이 터졌다.

현우가 팬들의 박수 속에 무대 아래로 내려갔다. 그리고 송지유가 클래식 기타를 무릎 위로 올려놓고 입을 열었다.

"안녕하세요? 송지유입니다!"

"와아아!"

팬들이 뜨겁게 화답했다. 송지유가 생긋 웃었다.

"해외 팬 여러분은 처음 뵙게 되어서 많이 설레네요. 그래서 밤에 잠도 잘 못 잤어요. 여러분은 편안히 주무셨나요?"

다양한 대답이 쏟아졌다. 송지유가 고개를 끄덕였다.

"오랜만에 무대에 서는 것 같아요. 떨리네요. 하지만 지금 이 순간이 너무 감사하기도 해요. 여러분과 노래로 소통할 수 있는 시간이잖아요?"

송지유가 영어로 팬들과 대화를 나누었다. 현우는 흐뭇한 표정으로 송지유를 지켜보고 있었다.

"두 곡 들려 드릴게요. 첫 곡은 제 데뷔곡이자 지금의 저를 있게 해준 곡이에요."

팬들이 '종로의 봄'을 연호했다. 송지유가 희미한 미소를 지으며 사르르 두 눈을 감았다. 노래를 부르기 전 감정을 잡는 송지유 특유의 시그널에 공연장이 조용해졌다.

공연장 안에 클래식 기타 선율이 감돌았다. '종로의 봄' 어쿠스틱 버전이었다.

송지유의 청아하고 아련한 목소리가 팬들의 감성을 파고들기 시작했다. 팬들은 송지유만의 아련한 감성에 숨을 죽이고 귀를 기울였다.

─이 목소리가 진짜 사기지.

─이상하게 송지유 노래는 그냥 듣게 됨.

─노래가. 그냥 비처럼 스며든다고 해야 하나?

'종로의 봄'은 처연한 송지유의 감성이 극에 달한 곡이었다. 카메라가 눈물짓고 있는 중화권 팬들을 차례대로 담았다. 그리고 잔잔하던 곡이 서서히 절정으로 치달았다.

나 홀로 우리의 봄을 기다려요

기다려요

기다려요

'종로의 봄'이 끝나고 공연장 분위기가 숙연해졌다. 고요했다. 카메라가 쉴 새 없이 이 광경을 비추었다.

허밍으로 노래를 마친 송지유가 클래식 기타에서 손을 떼고 조용히 두 눈을 떴다.

"와아아!"

뒤늦게 감동에 젖은 함성이 쏟아졌다.

공연장에 자리하고 있는 가수들까지 일제히 기립박수를 쳤다. 송지유가 살짝 손을 흔들어주었다. 팬들의 함성은 도무지 끝날 줄을 몰랐다.

중화권 팬들은 완전히 송지유에게 빠져 있었다. 엘시도 그 모습을 보며 혀를 내둘렀다.

"송지유 진짜 반칙이다."

"다연이 너도 충분히 반칙이었다. 저쪽 표정 봐."

현우가 슬쩍 S&H 쪽 구역을 가리켰다. 엘시의 시선이 그리로 향했다. 이석우 실장을 비롯한 S&H 쪽 관계자들과 가수들의 표정이 어두웠다.

그럴 만했다. 벌써 온라인 세상도 초토화되어 있었다. 어울림 팬덤인 울림이들과 S&H 팬덤의 치열하던 논쟁도 잦아들고 있었다.

―이번 시상식 요약: 엘시는 엘시다. i2i는 i2i다. 송지유는 송지유다. ㅋㅋ

―엘시로 시작해서 i2i가 바통 받고 송지유가 마무리. ㅋㅋ

―저기요? S&H 아티스트분들, 이렇게 '공연'을 하셔야죠! 이럴거면 특별 무대는 왜 하셨어요? ㅋㅋㅋㅋ

―인정할 건 해야 한다. 어울림 엔터테인먼트 쪽의 압승이야. 준비한 거 보라고. 그런데 우리 애들은 뭐야? 음악 방송 무대랑 다를 게 뭐가 있냐고?

―S&H 팬덤 여러분, 조용히 하면 중간이라도 갑니다. 그러니까 지금부터 조용히 하세요!^^ 우리 갓 지유 여왕님 두 번째 노래 부르니까요.

그사이 송지유가 두 번째 노래를 부르기 시작했다. 공전의 히트를 기록한 송지유의 대표곡 '낙엽편지'였다.

공연장을 떠돌던 홀로그램 낙엽들이 총천연색의 빛깔을 진하게 발하기 시작했다.

"와아아!"

아름다운 장관에 공연장이 떠나갈 듯 흔들렸다.

―낙엽이 빛을 발한다! 오오!

―예쁘다! 동화 같다! ㄷㄷ

―송지유 클래스! ㅋㅋ

그때였다. 무대 위로 세 남자가, 바로 송지유의 세 스승이 등장했다. 한국 발라드를 상징하는 장성률과 김동철, 그리고 최현이었다.

거장들이 중화권 팬들을 향해 가볍게 손을 흔들었다. 거장들의 깜짝 출연에 공연장이 또 한 번 흔들렸다.

장성률이 무대 중앙에 솟아오른 그랜드 피아노에 앉았다. 아련하고 잔잔한 피아노 연주에 팬들이 귀를 기울였다. 전주가 절정에 달하자 최현의 베이스가 깊이를 더했다.

이윽고 김동철이 송지유와 함께 클래식 기타 합주를 했다. 깊이 있는 선율이 팬들을 다시 감성에 젖게 만들었다.

송지유가 조용히 두 눈을 감았다. 잠시 후 송지유가 사르륵 눈을 뜨며 입술을 열었다.

그 밤, 그날의 우리를 떠올려요

첫 소절만으로도 팬들은 가슴이 저릿해짐을 느꼈다.

그날, 가을밤의 우리는 사라졌지만,
눈을 감고 그날의 가을밤을 기억해요
떨어지던 빗소리,
흩날리던 낙엽들,
가로등 아래 그대 숨소리,
그리고 그대 뒷모습

송지유가 잠시 호흡을 골랐다. 작은 숨소리조차 팬들의 감성을 흔들었다.

얼핏 송지유의 노래는 잔잔하고 속삭이는 듯했지만 노래를 듣고 있는 사람들은 격한 감정의 파도를 느끼고 있었다. 송지유가 아련한 표정과 함께 조용히 속삭였다.

그 밤, 그날의 편지를 꺼내 봐요

송지유 특유의 허밍이 사람들의 귓가를 맴돌며 노래도 잦아들었다. 송지유는 가만히 두 눈을 떠 감정의 물결에 휩쓸려 있는 팬들을 담았다.

*   *   *

[어울림 엔터테인먼트 N.NET 뮤직 어워드 싹쓸이!]

[송지유 3관왕! 엘시 3관왕! i2i 3관왕! 9개 부분 수상!]

[역대급 공연 찬사! 어울림 가수들의 저력!]

[N.NET 뮤직 어워드 역대 최고 시청률 5.3% 기록!]

[어울림 엔터테인먼트 올 한 해 최고, 최강의 기획사임을 증명!]

―어울림으로 시작해서 어울림으로 끝난 역대급 시상식! (공감

4,573/비공감 103)

　―김현우 대표님! 좋은 가수들! 좋은 노래들! 감사합니다! (공감 3,875/비공감 209)

　―어울림 3대 갓이여! 영원하라! (공감 3,341/비공감 70)

　―두 시간이 그냥 훅 가버림. ㅋㅋ (공감 3,109/비공감 114)

　―시상식 또 안 함? ㅠㅠ (공감 2,882/비공감 97)

　N.NET 뮤직 어워드는 어울림 엔터테인먼트에게 그야말로 축제이자 수확의 장이었다. 올해의 노래는 송지유의 '낙엽편지'가 차지했다. 그리고 올해의 가수도 송지유가 당당히 그 이름을 올렸다. 또한 송지유는 신인상까지 수상했다.

　엘시는 리메이크 앨범을 통해 올해의 앨범을 수상했으며, 여자 가수상에 이어 베스트 뮤직비디오상까지 수상하는 기염을 토해냈다.

　국민 아이돌이라 불리는 i2i는 올해의 아시아 아티스트에 뽑혔고, 베스트 여자 그룹에 이어 송지유와 함께 나란히 신인상을 수상했다.

　N.NET 뮤직 어워드의 가장 큰 상인 올해의 가수, 올해의 노래, 올해의 앨범, 올해의 아시아 아티스트상을 어울림 엔터테인먼트 소속 가수들이 싹쓸이한 것이다.

　S&H의 성적은 처참했다. 팬덤의 기대와 달리 슈퍼보이스가

베스트 남자 그룹상을 수상했고, Xena는 여자 솔로 댄스 부분에서 수상하는 초라한 성적표를 받아 들었다.

N.NET 뮤직 어워드 애프터 파티 장소에서도 어울림 엔터테인먼트 식구들은 단연코 주인공이었다. 어울림 식구들이 모여 있는 곳으로 수많은 기획사 관계자와 가수가 모여들었다.

진행을 한 월드 스타 샤인도 어울림 식구들과 함께 고급 소파에 앉아서 샴페인을 마시고 있었다.

"그러니까 현우 너는 크게 돈 욕심은 없다고?"

"뭐, 그런 거지. 부자라고 해서 하루에 열 끼 먹는 건 아니잖아?"

"그렇긴 하지. 지유 후배님이랑 다연 후배님은 좋겠네. 이런 만만한 사장님도 있고."

동갑내기 친구가 된 샤인의 장난 섞인 말에 현우가 피식 웃었다.

"만만하지는 않아요. 은근히 상남자예요, 선배님."

엘시가 현우를 보며 말했다. 샤인이 고개를 끄덕였다.

"하긴 S&H랑 한판 뜰 배짱이면 만만하지는 않은 거지. i2i 후배님들도 잘 들어요. 소속 연예인한테는 한없이 약하고 밖에서는 한없이 든든한 현우 같은 스타일의 사장님은 만나기가 정말 힘들어요. 그러니까 잘해요. 보니까 현우 말 잘 안 듣는 것 같던데."

"네, 샤인 선배님!"

"충성! 충성!"

월드 스타이자 한없이 높은 선배인 샤인의 조언에 i2i 멤버들이 과잉 리액션을 했다. 샤인도 피식 웃어버렸다.

"현우야, 내년에는 어떻게 회사 운영할 거야? 이번 연도는 어울림 엔터 싹쓸이라고 다들 그러잖아. 부담은 안 되냐?"

샤인이 샴페인을 홀짝이며 물었다. 현우가 조용히 웃었다. 현우도 부담이 되는 건 사실이었다. 송지유와 엘시, i2i가 상을 휩쓸었다. 어떻게 보면 커리어 하이라고도 할 수 있었다. 내년에도 이만큼의 성적을 내리란 보장은 없었다.

"부담이 되지 않는다면 거짓말이지. 항상 지금 같을 수는 없잖아? 그리고 나는 좋은 노래를 만들어서 들려주면 합당한 보상이 따른다고 생각하거든."

"그렇긴 하지."

샤인이 현우의 말을 수긍했다.

그때였다. 무모한 형제들 멤버들과 제작진이 파티 장소에 나타났다.

"샤인이다! 월드 스타다!"

정훈민이 호들갑을 떨었다.

"무모한 기획사 촬영 중이라고 했지?"

"협조 좀 해줘."

"그럴까? 간만의 한국 예능 출연이라 떨리네."

샤인이 무형 제작진과의 인터뷰를 위해 소파에서 일어났다.

샤인이 자리를 뜨자 어울림 식구들만 남았다.

"우리끼리 건배할까?"

현우가 샴페인 잔을 높이 들었다. 미성년자인 멤버들을 제외한 i2i 멤버들도 샴페인 잔을 들었다.

"건배!"

다들 축하의 의미로 잔을 비워냈다. 그러다 엘시가 눈동자를 빛냈다.

"오빠, 아니, 내표님."

"응, 말해봐."

"파티 끝나고 우리끼리 놀러 가요."

"놀러 가자고?"

현우가 곤란한 얼굴을 했다. 홍콩 파파라치가 호텔 밖에서 진을 치고 있었다.

"외출하자마자 들킬걸?"

"변장해서 가면 되잖아요."

송지유가 엘시를 거들었다.

"스파이시 크랩이 그렇게 맛있었냐?"

"네!"

배하나가 눈치도 없이 크게 대답했다. 현우가 피식 웃었다.

"좋아, 그럼 내일 하루는 휴가 줄게. 다만 나랑 영진이, 석훈 이만 졸졸 따라다녀야 한다? 다들 알았지?"

"갓 현우 최고!"

"갓 현우 사랑해!"

엘시와 i2i 멤버들이 중화권 팬들을 따라 했다. 그 모습을 보며 현우는 절레절레 고개를 저었다.

"현우야."

무형 제작진과 인터뷰를 마친 샤인이 현우를 불렀다.

"응, 왜?"

"파티 끝나고 홍콩 쪽 사람들이랑 뒤풀이 있거든. 내가 아 는 사람들이야. 같이 갈래? 너한테 여러모로 도움이 될 거야."

"음, 그럴까?"

"누구누구 오는데요?"

엘시가 샤인과 현우의 대화에 끼어들었다. 샤인이 조금은 곤란한 얼굴을 했다.

"홍콩 영화계랑 연예계 쪽 사람들도 오고 모델들도 많이 올 거야. 내가 초대했거든."

샤인의 말이 떨어지기가 무섭게 송지유를 비롯한 어울림 아티스트들의 따가운 시선이 현우에게 쏟아졌다.

"왜… 왜?"

현우가 말을 더듬었다. 송지유가 현우를 휙 노려보았다.

"그래서 샤인 선배님이랑 파티 가서 모델들이랑 놀 거예요?"

"모델들이랑 논다고? 내가?"

현우가 기함을 했다. 그리고 샤인을 쳐다보았다. 샤인이 빙그레 웃었다.

"잘나가는 젊은 대표가 좀 놀기도 하고 그래야지. 운 좋으면 여자 친구도 사귀… 아니구나."

샤인이 말을 얼버무렸다. 어울림 아티스트들이 눈동자에서 레이저를 쏘고 있었기 때문이다.

"이거 나 혼자 가야겠네. 현우야, 아쉽지는 않지?"

순간 현우는 식은땀을 흘렸다. 여기서 말실수를 했다간 등짝 스매싱 각이었다. 두고두고 괴롭힘을 당할 수도 있었다.

"아쉽기는, 전혀!"

"큭큭. 그래, 그럼 한국에서 소주 한잔하자."

샤인이 애써 웃음을 참았다.

"오빠는 우리랑 놀아요. 그게 더 좋죠?"

엘시가 확인차 물었다. 현우는 애써 고개를 끄덕거렸다.

*　　　*　　　*

[송지유, 장삼우 감독 신작 영화 주연 캐스팅!]

[국민 소녀, 이번에는 액션 활극?]

[홍콩 영화계의 거장! 송지유를 선택하다!]

[송지유 새 영화는 액션 느와르!]

[송지유 새 영화 놓고 갑론을박! 과연 무모한 도전인가?]

홍콩 N.NET 뮤직 어워드에서 올해의 가수 및 올해의 노래, 신인상을 석권한 국민 소녀 송지유가 새 앨범 대신 새 영화라는 파격적인 선택을 단행했다. 영웅본색 시리즈의 거장인 장삼우 감독 신작 영화의 주연으로 캐스팅된 것이다. 송지유의 이러한 행보를 놓고 한국 영화계에서는 무모한 도전이 아닌가 하는 우려가 일고 있다. 유명 액션 배우들도 혀를 내두르는 장삼우 감독 특유의 액션 스타일에 과연 스무 살 여배우가 적응할수 있겠냐는 것이다. 또한 아무리 국민 소녀라고 해도 티켓 파워에서 여배우의 한계는 명확하기 때문이다. 한 익명의 영화계 관계자는 송지유와 어울림 엔터테인먼트 쪽으로 흘러들어 간 수많은 시나리오가 있었음에도 홍콩 영화를 선택했다며 아쉬움을 남기기도 했다.

─새 앨범이 아닌 액션 느와르 영화라……. 무모한 기획사 찍더니 무모한 도전을 하는 것 같은 느낌?

─장삼우 감독님 영화면 도전해 볼 만하지 않나요? 제가 송지유라도 이 영화 찍었습니다. 세계적인 거장이잖아요.

─느와르면 총 쓰고 싸우고 난리칠 텐데 송지유가 가능함? 훅

바람 불면 날아갈 것 같은데.

─홍콩 영화 한물간 지 오래인데;

─근데 송지유답지 않음. 보통 다른 연예인이었으면 편하게 멜로나 현대극 영화 찍었겠지. 근데 송지유는 도전하는 거잖아. 부정적인 반응이 많다.

─장삼우 감독이 마지막 작품이라고 했음. 명작이 나올지도 몰라. ㅎ

─여자 배우가 액션 느와르? 아무리 갓 지유라고 해도 무리 아님?

"흐음, 예상대로네."

입맛이 썼다. 홍콩에서 한국으로 귀국하고 바로 그다음 날부터 기사가 속속 올라왔다. 송지유의 새 영화 선택은 중화권 영화계를 넘어 한국 영화계에서도 많은 논란을 일으키고 있었다. 특히 한국 영화계 쪽의 반발이 거셌다. 그동안 어울림과 송지유 측에서 무수히 많은 영화 시나리오를 거절했기 때문이다. 그런 상황에서 장삼우 감독의 액션 느와르 영화를 선택했다.

좋지 않은 시선들이 쏟아지는 건 당연했다. 창성 영화사의 박창준 대표도 따로 연락이 와서 흉흉한 한국 영화계 쪽의 동향을 전해주었다.

오직 김성민 감독만이 도전해 볼 만하다며 현우를 칭찬했다. 대중의 반응도 엇갈리고 있었다. 송지유의 새로운 도전에 의구심을 가지는 사람들도 있었고 응원하는 사람들도 있었다. 하지만 분명한 건 대중들의 반응이 그다지 호의적이지 않다는 것이다.

'증명, 또 증명을 해야 하는 건가? 쉽지 않네.'

길게 숨을 들이마신 다음 현우는 SUV에서 내렸다. 현우가 도착한 곳은 경기도 파주였다. 커다란 액션 스쿨 간판이 현우를 반기고 있었다.

'잘하고 있으려나.'

기대 반 걱정 반이었다. 현우가 발걸음을 옮겨 액션 스쿨 안으로 들어갔다. 문을 열자마자 열기가 확 느껴졌다.

굴곡진 몸매가 두드러지는 트레이닝 슈트를 입고 송지유가 훈련에 한창이었다.

"좋아! 그렇지! 한 번 더!"

무술 사범의 기합에 송지유가 와이어를 몸에 매단 채 허공으로 솟아올랐다. 그러고는 세워져 있는 샌드백을 향해 발차기를 했다.

팡!

둔탁한 소리와 함께 송지유의 몸이 흔들렸다.

"체중을 더 실어! 체중을 못 실으니까 몸이 흔들리는 거지!"

"……"

송지유가 이를 악물었다. 그리고 다시 허공으로 점프한 다음 발차기를 했다.

팡!

이번에는 발차기가 안정적이었다.

"좋았어! 그렇게만 하자! 잠깐, 김현우 대표님 오셨는데?"

무술 사범 정민식이 뒤늦게 현우를 발견했다. 송지유가 거친 숨을 몰아쉬며 현우 쪽으로 시선을 돌렸다.

"왔어요?"

송지유의 물음에도 현우는 쉽사리 대답할 수가 없었다. 송지유는 그야말로 땀에 절어 있었다. 자세히 보니 일주일 사이에 살도 많이 빠진 것 같았다.

현우는 한숨을 삼키며 송지유에게 다가갔다.

"괜찮아, 너?"

"네, 괜찮아요. 재밌어요."

"이게 재미있다고?"

현우는 혀를 내둘렀다. 정민식 사범이 어색하게 웃었다.

"지유 잘하고 있습니까, 선생님?"

현우가 대뜸 정민식 사범에게 물었다. 송지유의 불안한 시선이 정민식 사범에게 꽂혔다. 한국 스턴트 액션 쪽에서는 권위자인 정민식 사범이었다. 정민식 사범이 어떤 평가를 내리느냐에 따라 현우의 선택이 바뀔 수도 있었다.

"대표님, 일단 사무실로 가시죠. 지유 씨는 샤워하고 와."

"네?"

송지유가 반문했다.

"오늘 훈련은 여기까지야. 여기서 더 무리했다간 부상을 당할 수도 있어."

"한 시간만 더 해요, 사범님."

"괜찮겠어?"

"네. 그리고 저 씻는 동안 사범님이 무슨 소리 할지 알고 있어요. 옆에서 감시할게요."

"감시? 하하!"

정민식 사범이 크게 웃었다.

"그러니까 타고났다는 말씀이십니까?"

"예, 대표님. 지유 씨는 스턴트 쪽에 재능이 많아요. 몸도 가볍고 운동 신경이 매우 뛰어납니다. 제가 가르쳐 본 여자 배우들 중에 최고입니다. 잘만 훈련시키면 장삼우 감독님 영화를 찍는 것도 절대 무리는 아닙니다."

"하아, 이거 참."

"지유 씨가 깡이 있어요. 깡이 있으면 사실 액션 쪽은 무서울 게 없습니다. 습득하는 속도도 배는 빨라지죠."

2층에 있는 작은 사무실. 정민식 사범이 현우를 앞에 두고 송지유를 극찬하고 있었다. 정민식 사범이 이렇게까지 말하는데 현우도 더 이상 송지유에게 토를 달 수 없었다.

반면, 송지유는 팔짱을 낀 채로 도도한 표정을 짓고 있었다. 현우가 송지유와 눈을 마주쳤다.

"너, 나한테 보여주려고 이 악문 거지?"

"네, 이 악물고 훈련했어요. 아직도 나를 못 믿겠어요?"

"입에 묻은 거나 닦고 말해. 입에 생크림 잔뜩 묻혀놓고 그런 표정 하면 내가 뭐 무서워할 것 같아?"

현우가 티슈를 뽑아 송지유의 입가를 닦아주었다. 송지유의 얼굴이 붉어졌다. 한 손에는 현우가 포장해 온 딸기 케이크가 들려 있었다.

"기사는 봤어?"

"봤어요."

"어땠어?"

"더 열심히 해서 증명할 거예요."

"하아, 누가 독종 아니랄까 봐."

현우는 결국 피식 웃어버렸다. 기사 때문에 혹시나 주눅이 들어 있으면 어쩔까 싶었는데 오히려 송지유의 승부욕을 자극하고 있었다.

"오빠, 홍콩 팀은 언제 한국으로 온대요?"

송지유가 장삼우 감독 사단에 속해 있는 액션 무술팀에 대해 물었다.

"다음 주 초에 입국할 거야."

"재미있겠다."

"지유 씨, 지금 나랑 훈련하는 건 연습 수준이야. 그쪽 사람들 오면 와이어 액션도 배우고 사격도 배워야 할 거야. 쉽지 않을걸."

정민식 사범조차 혀를 내두르며 경고했지만 송지유는 개의치 않았다. 초롱초롱 눈동자를 빛내고 있었다.

"사범님, 우리 훈련해요."

"벌써? 지유 씨 힘들지 않아?"

정민식 사범이 질린 얼굴을 했다. 30분도 채 쉬지 않았는데 벌써 훈련을 하자고 조르고 있었다.

"케이크 먹고 당 충전했잖아요."

송지유가 생긋 웃으며 말했다.

*   *   *

어울림 지하 1층 연습실에 긴장감이 어려 있었다. i2i 멤버들 전원이 모였다. 뒤이어 연습실 문이 열리고 현우와 오승석이 나타났다.

"안녕하세요!"

i2i 멤버들이 입을 모아 꾸벅 인사를 했다. 현우가 머리를 긁적였다.

"뭐야? 해가 서쪽에서 뜨겠는데?"

"샤인 선배님 말씀 듣고 저희들 많이 반성했거든요. 헤헤."

배하나가 멤버들을 대표해서 현우에게 말했다. 현우가 피식 웃었다.

"오늘이 무슨 날인지 알지?"

"신곡 나온 날이죠, 대표님?"

리더인 김수정이 물었다. 현우가 고개를 끄덕거렸다.

"그래, 드디어 신곡이 나왔다."

i2i 멤버들이 짝짝짝 박수를 쳤다. 그러면서도 다들 긴장감을 숨기지 못했다. 이번에 새로 나온 신곡은 일본 진출 때 타이틀곡으로 사용이 될 것이다.

"승석아."

"응, 한번 들어봐. 나랑 솔이랑 공동 작업 한 곡이니까."

"오오!"

오승석의 말에 멤버들이 감탄을 숨기지 못했다. 이솔은 붉어진 얼굴로 헤헤 웃기만 했다.

그사이 오승석이 신곡을 재생시켰다. 화려하고 풍성한 전자음이 연습실 안으로 가득 울려 퍼졌다. 일렉트로니카 계열의 세련된 곡이었다. 아직 제목도, 가사도 정해지지 않았지만 곡 자체가 매우 훌륭했다. 듣는 이로 하여금 상당히 들뜨게 만드는 사운드에 소녀 느낌도 물씬 풍겼다.

그리고 아이돌 그룹의 곡이라고 생각하기에는 퀄리티가 상당했다. 현우가 처음 녹음실에서 이 곡을 듣자마자 타이틀곡으로 낙점했을 정도이다.

"다들 어때?"

오승석이 떨리는 심정으로 i2i 멤버들의 평가를 기다렸다. 이솔도 떨리기는 마찬가지였다. 조용히 다른 멤버들을 살펴보고 있었다.

유지연이 조용히 손을 들며 입을 열었다.

"저는 좋아요. 아이돌 그룹 노래 같지 않아서 더 좋아요."

"저도요! 소녀는 무대 위에랑 느낌도 비슷하고 훨씬 좋은 것 같아요!"

이지수도 유지연을 거들었다. 오승석이 안도의 한숨을 내쉬었다.

"다행이다. 사실 솔이랑 곡 작업을 하면서 고민 많이 했어. 생각보다 곡이 하이 퀄리티로 나왔거든. 이제 좀 발 뻗고 자겠구나."

"그간 고생했어. 뉴욕 여행이라도 다녀와라. 보내줄게."

"정말이야?"

"당연하지."

현우의 말에 오승석의 입이 귀에 걸렸다.

현우가 고마움에 오승석의 어깨를 두들겼다. 작곡가는 원래 가장 중요하면서도 빛을 보지 못하는 직업이다. 현우나 다른 어울림 식구들이 분주하게 대외 활동을 하는 사이 오승석은 녹음실에서 살다시피 했다. 홍콩 일정 중에도 현우는 내심 오승석이 신경 쓰였다.

"녹음 일정 끝나면 갈게. 아니다, 앨범 나오고 일본 반응 보고 가련다."

"그러다 영영 못갈걸."

"그럼 내 팔자지, 뭐."

오승석이 씩 웃으며 대답했다.

현우가 진지한 얼굴로 i2i 멤버들을 쳐다보았다.

"녹음은 이번 주 주말부터 들어갈 거야. 앨범 콘셉트도 정해졌다."

"뭔데요?"

배하나가 물었다.

"전자 소녀."

"전자 소녀?"

"그래, 전자 소녀."

현우의 말에 i2i 멤버들이 골똘히 생각에 잠겼다.

일본 진출을 염두에 두고 기획한 이번 앨범 콘셉트는 '전자소녀'였다. 본래 i2i의 주된 목표 팬층은 10대, 20대의 일본 여성이었다. 하지만 현우는 회의 끝에 조금 더 욕심을 부려보기로 했다.

일본 아이돌 팬덤의 주된 소비층이라 할 수 있는 오타쿠도 고려한 것이다. 이번 앨범 콘셉트에 2D 게임적인 요소도 첨가할 계획이었다. 그래서 타이틀곡도 일렉트로니카와 걸리쉬가 합쳐진 장르를 선택했다.

"그리고 한국과 일본에서 동시에 앨범 발매 할 거야."

"네에?!"

리더인 김수정이 깜짝 놀랐다. 다른 i2i 멤버들도 마찬가지였다. 한국 활동은 본래 계획에 없는 일이었다.

"너희들도 알다시피 일본 진출에만 전력을 다할 생각이었어. 그런데 우리가 생각하지 못한 변수가 생겼어."

"걸즈파워 2기가 곧 데뷔할 거야."

오승석이 현우의 말을 거들었다. 블루마운틴으로부터 전해들은 특급 기밀 사항이었다. N.NET 시상식에서 어울림에게 공개적으로 망신당한 S&H가 비밀 병기인 걸즈파워 2기를 세상에 내놓으려 하고 있었다.

"걸즈파워 2기요?"

유지연이 눈을 찌푸렸다. 소문만 무성하던 걸즈파워 2기가 드디어 데뷔를 앞두고 있었다. i2i 멤버들도 걸즈파워 2기가 자신들의 가장 강력한 경쟁자가 될 것이라는 사실을 결코 모르지 않았다.

"우리가 일본에 가 있는 동안 가만히 빈집 털이를 당할 수는 없지 않겠어?"

"당연하죠. 우리 구역이잖아요."

유지연도 전의를 불태웠다.

"한국이랑 일본에서 동시에 활동하려면 너희들이 고생 좀 할 거야. 이번 앨범 활동만 고생 좀 해보자. 다들 괜찮지?"

"네!"

i2i 멤버들이 씩씩하게 대답해 왔다. 현우가 빙그레 웃었다.

"그런 의미에서 오늘 내가 한우 쏜다!"

"야호!"

i2i 멤버들이 신이 나서 방방 뛰기 시작했다.

하지만 현우는 마음 편히 웃지 못했다. 걸즈파워 2기. 김정우의 조언이 사실이라면 분명 만만하지 않은 상대였다.

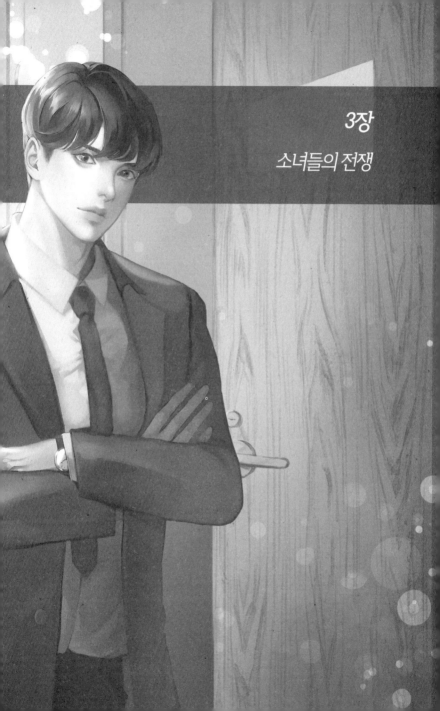

3장

소녀들의 전쟁

S&H 엔터테인먼트는 N.NET 뮤직 어워드를 끝으로 모든 대외 활동을 중단한 상태였다. N.NET 뮤직 어워드에서 어울림 소속 아티스트들에게 굴욕을 당한 뒤라 연예계나 언론에 돌고 있는 소문도 흉흉했다. 중국 자본 매각설도 나왔고, 처참한 성적에 주가도 곤두박질치는 중이었다.

똑똑.

회장실 문이 열리고 이석우 실장이 나타났다. 조용히 생각에 잠겨 있던 이장호 회장이 이석우 실장을 쳐다보았다.

"무슨 일인가?"

"걸즈파워 멤버들이 회장님을 뵙고 싶어 합니다."

이석우 실장은 무미건조한 어투로 말했다. 이장호 회장이 미간을 찌푸렸다.

"회장님."

"재촉하지 말게. 지금 어디에 있나?"

"연습실에 모여 있습니다."

"올라오라고 해."

이석우 실장이 꾸벅 고개를 숙였다. 잠시 후, 이석우 실장과 함께 걸즈파워 멤버 여섯 명이 나타났다.

"앉지."

이장호 회장의 허락이 떨어지자 걸즈파워 멤버들이 소파에 나란히 앉았다. 이장호 회장은 숨을 들이마시며 걸즈파워 멤버들을 쳐다보았다.

"무슨 일로 찾아온 거야?"

아무렇지도 않아 보이는 이장호 회장의 말에 걸즈파워의 멤버 중 한 명인 크리스틴이 눈을 찌푸렸다. 재미 교포 출신인 크리스틴은 엘시가 탈퇴한 이후 팀의 구심점 역할을 하고 있었다.

"걸즈파워 2기 멤버들이 곧 데뷔한다고 들었어요. 그럼 저희는 어떻게 되는 거죠?"

"크리스틴, 아니, 수진아."

이장호 회장이 나지막하게 크리스틴을 불렀다.

"네, 말씀하세요, 회장님."

"걸즈파워는 2기 멤버들로 새롭게 탄생할 거다."

크리스틴을 비롯한 걸즈파워 멤버들은 충격을 받았다. 설마하니 저토록 태연하게 이장호 회장이 말할 줄은 몰랐다.

"그럼 걸즈파워 1기인 저희들은요? 이제 은퇴라도 해야 하나요?"

크리스틴이 날 선 목소리로 물었다. 이장호 회장이 고개를 저었다.

"아니지. 예전처럼 걸즈파워 활동은 못 하겠지만 유닛 활동이나 솔로 앨범은 어떠냐? 아니면 연기 쪽으로도 생각하고 있다."

"솔로 앨범이요? 그리고 저희더러 연기를 하라고요?"

크리스틴이 격앙된 목소리로 되물었다. 말이 좋아 유닛 활동, 솔로 앨범이지 걸즈파워에서 강제로 축출당한 것이나 마찬가지였다.

"회장님이 어떻게 저희한테 이러실 수 있어요?"

조용히 잠자코만 있던 유나가 울먹이며 따졌다. 그 모습에 이석우 실장은 고개도 들지 못하고 있었다.

"회장님, 저희는 걸즈파워예요! 회장님 마음대로 저희들 못 쫓아내세요!"

결국 크리스틴이 소리를 질렀다. 이장호 회장이 냉정한 얼굴을 했다.

"너희들은 너무 어리구나. 현실을 직시해. 이제 너희들의 시대는 갔어. 한물간 그룹을 계속해서 유지시킬 사업가는 없다. 그리고 걸즈파워는 본래 졸업 제도로 만들어진 팀이었어. 시기가 앞당겨진 것뿐 달라진 것은 없다!"

"……."

걸즈파워 멤버들이 입을 다물었다. 시장경제 논리로 지배되는 연예계에서 수명이 다한 아이돌 그룹의 존재 가치 따위는 없었다.

"나를 원망하지 말거라. 원망하려거든 너희들을 버리고 떠난 다연이를 탓해."

"다연 언니는 잘못 없어요!"

유나가 소리를 질렀다. 이장호 회장이 유나를 유심히 쳐다보았다.

"유나야, 다연이가 네 연예인 인생까지 책임져 줄 것 같으냐? 잘 생각해. 연기 쪽 반응도 나쁘지 않아. 너만 원한다면 내가 훌륭한 배우로 키워주마."

"일어나자. 더 이상 회장님 이야기 듣지 마."

크리스틴이 자리에서 벌떡 일어났다.

"크리스틴, 너도 잘 생각해. 솔로 앨범을 내주마. 네가 하고 싶어 하던 힙합 쪽으로 내는 건 어떠냐?"

"저랑 유나는 그렇다고 쳐요. 그럼 다른 멤버들은요? 제시는요? 연희는요? 모든 멤버가 하고 싶은 거 다 하게 해줄 수 있으세요?"

크리스틴이 정곡을 찔렀다. 걸즈파워의 핵심 멤버들을 제외한 비인기 멤버들이 어떻게 될지는 불 보듯 뻔했다.

"오늘은 여기까지 이야기하도록 하지."

이장호 회장은 대답을 회피했다. 결국 걸즈파워 멤버들은 싸늘한 표정이 되어 회장실에서 나가 버렸다.

"자네도 내가 심하다고 생각하는가?"

"……."

이석우 실장은 대답하지 않았다. 이장호 회장이 쓰게 웃었다.

"언제부터 우리 S&H가, 이 연예계가 이렇게 훈훈한 곳이 되었지? 잊었나, 우리가 어떻게 여기까지 왔는지?"

영세한 규모부터 시작해 거대 기획사가 되기까지 S&H는 무수히 많은 역경을 겪었다. 지금의 S&H를 존재하게 해준 1세대 보이 그룹 화이트 키드도 냉정하게 정리하고 이 자리까지 왔다. 항상 대중이 원하는 상품인 아이돌 그룹을 만들어왔고, 그 상품의 유통 기한이 끝나면 새로운 상품을 선보이며 대중들을 열광하게 했다.

철저한 비즈니스적인 마인드. 그게 바로 S&H를 존재하게 한 원동력이었다.

"자네도 어울림의 경영 방침이 옳다고 생각하나?"

이석우 실장은 긍정도 부정도 하지 않았다. 하지만 오지랖 넓은 젊은 대표가 이끌고 있는 어울림 엔터테인먼트는 국민 기획사라 불리고 있었다. 소속 아티스트들도 승승장구 중이었다. 얼마 전에는 마흔 살의 한물간 락커까지 성공적으로 재기시켰다.

"어울림은 오래 못 갈 걸세. 사업은 사업이야. 언제까지 운이 따라줄 수만은 없는 거라고."

이장호 회장의 말에 이석우 실장은 차마 동의할 수가 없었다. 그 대신 이석우 실장은 오랜 기간 동안 삭이고 있던 말을 꺼내기로 마음먹었다.

"회장님, 걸즈파워 2기의 데뷔를 늦춰주십시오."

"뭐라고 했나?"

이장호 회장의 얼굴이 굳었다.

"i2i와 전면전을 펼치겠다는 회장님의 판단은 리스크가 큽니다. 회장님은 사업가 아니십니까? 제 말 뜻을 아시리라 믿고 싶습니다."

"자네, 겁먹었군."

이석우 실장이 고개를 저었다.

"슈퍼보이스의 인기도 예전 같지 않습니다. 지금 상황에서 걸즈파워 2기 멤버들은 회사의 유일한 전략적 자원입니다. 만약 i2i와의 전면전에서 패배한다면 어쩌시겠습니까?"

"우리가 패배한다고?"

"제나도 엘시한테 졌습니다, 회장님."

"그건 나도 인정하지. 내 판단 착오였어. 하지만 그건 태지보이스라는 변수가 있었기 때문이야. 그리고 상대는 엘시였어. 하지만 i2i는 달라. 프아돌로 스토리텔링이 되어 있어서 그렇지 중소 기획사 출신 오합지졸들이야. 우리가 오랜 시간 투자해서 키운 2기 멤버들이 밀릴 것 같나? 자그마치 10년을 넘게 투자한 아이들일세. 자네는 그렇게 자신이 없나?"

"…회장님."

이석우 실장은 더 이상 말을 잇지 못했다. 처음부터, 그리고 아직까지도 이장호 회장은 어울림과 젊은 대표를 얕보고 있었다. 아니, 인정할 수가 없는 것이다.

"나가보겠습니다."

이석우 실장이 결국 발걸음을 돌렸다. 회장실 밖에서 대기하고 있던 젊은 팀장이 황급히 다가왔다.

"실장님, 어떻게 되었습니까?"

"회장님의 고집을 꺾을 수가 없었어. 이제는 우리 손을 떠난 일이 되어버렸어."

"결국은 그렇게 되는 겁니까? 그럼 그쪽 제안은 어떻게 하실 겁니까?"

"검토해 봐야겠어."

이석우 실장의 말에 젊은 팀장이 눈동자를 빛냈다.

*   *   *

어울림 엔터테인먼트는 i2i의 새 앨범 작업으로 분주했다. 타이틀곡이 정해진 다음부터는 일사천리였다. 릴리와 이지수가 안무를 만들기 시작했고, 김은정은 새 의상 콘셉트에 열중하고 있었다.

현우는 일단 유선미와 이혜은을 시켜 언론에 보도 자료를 대대적으로 뿌렸다.

[i2i, 공백 깨고 드디어 컴백하나?]
[i2i, 일본 진출에 이어 한국 활동도 병행한다!]
[i2i, 국내 활동 소식에 팬들은 열광!]
[i2i, 새 타이틀곡은 생소한 일렉트로니카!]

노트북으로 포털 사이트를 확인해 보니 벌써 기사가 주르륵 떠 있었다. 대중의 반응도 폭발적이었다. 특히 한국 활동도 병행한다는 어울림의 결정에 쌍수를 들고 환영했다.

i2i의 국내 팬들이 현우를 보고 갓 현우라 칭송하고 있었다.

"갓 현우로 도배되니까 어떠세요?"

"뭐, 김발놈 대신 갓 현우 소리 들으니까 좋지."

현우가 피식 웃으며 엘시에게 대답했다. 리메이크 앨범과 솔로 앨범으로 성공적인 활동을 마친 엘시는 요즘 휴식기를 갖고 있었다. 현우의 강력한 권유로 우울증 치료도 다시 받는 중이었다.

"회사에는 무슨 일로 온 거야?"

"그냥요. 아, 정우 오빠네 이사 날짜 잡혔어요."

"그래?"

현우가 반색했다. 식당 정리를 위해 강원도로 돌아간 김정우가 드디어 돌아오게 된 것이다.

"언젠데?"

"이번 주 토요일?"

"하, 정우 형님 오시면 이제 나도 좀 쉴 수 있겠는데?"

현우가 안도하자 엘시도 작게 웃었다. 그러다 엘시가 머뭇거렸다. 현우가 엘시의 표정을 읽어냈다.

"뭔데? 할 말 있으면 해봐."

"네?"

"하고 싶은 말 있으면 해보라고."

"어떻게 알았어요?"

"뭐, 불안, 불안한 이다연 챙기다 보니까 나름 노하우가 생기더라."

"……."

엘시가 조용해졌다. 결국 현우가 먼저 말을 꺼내야 했다.

"걸즈파워 2기 데뷔한다는 소식 들었구나?"

엘시가 현우를 빤히 쳐다보았다. 얼굴 가득 불안함이 엿보였다.

"유나랑 다른 멤버들이 걱정돼요, 오빠."

"당연한 거지."

현우가 길게 한숨을 내쉬었다. 걸즈파워 2기가 데뷔한다는 것은 곧 기존의 걸즈파워 1기 멤버들이 설 자리를 잃는다는 소리나 마찬가지였다.

"연락은 해봤어?"

엘시가 쓸쓸한 표정으로 고개를 저었다.

"차마 못 하겠어요. 염치도 없고… 다 저 때문이잖아요."

"그게 왜 너 때문이야? 유나 씨도 네 탓이 아니라고 했어."

"그랬어요?"

"그래, 너 강원도로 데리러 갈 때 자기였어도 그랬을 거라고 하더라."

"유나는 천사니까요."

엘시의 눈동자에 핑 눈물이 고였다. 현우가 눈을 크게 떴다.

"우, 울지 말고 그 의사 선생님이 가르쳐 준 대로 마인드 컨트롤, 마인드 컨트롤."

혹여나 우울증이 도질까 금이야 옥이야 어쩔 줄을 몰라 하는 현우를 보며 엘시가 결국 픽 웃어버렸다.

"오빠 때문에 슬퍼하지도 못하네요, 진짜."

"슬퍼한다고 해서 달라지는 건 없으니까. 다연아……"

"네."

"오랜만에 멤버들 만나보는 건 어떨까?"

"…멤버들요?"

엘시가 눈을 동그랗게 떴다. 현우가 고개를 끄덕였다.

"아직도 걸즈파워의 리더는 엘시잖아. 이럴 때 멤버들을 만나보는 것도 나쁘지는 않아. 원래 모든 오해는 대화가 없어서야. 화이트 키드 멤버들도 서로 오해였다며?"

TV 토크쇼에서 화이트 키드 멤버들이 오해 탓에 오랜 세월 서로를 탓하며 지냈다는 일화를 본 적이 있었다.

"유나는 괜찮지만 다른 멤버들이 저를 만나줄까요?"

"당연히 만나주지. 그리고 만나주지 않으면 안 만날 거야?"

"아니요."

"그럼 당장 연락해서 멤버들이랑 술 한잔해. 맛있는 걸 먹어도 좋고. 내가 유나 씨한테 연락해 줄까?"

"오빠, 유나 번호도 있어요?"

"응."

"걔는 안 되는데?"

"어?"

현우가 고개를 갸웃했다. 엘시가 까르르 웃었다. 현우만 혼자 영문을 몰랐다.

"그럼 오빠가 전화해 주세요."

"오케이."

현우는 핸드폰을 들어 걸즈파워 멤버인 유나에게 전화를 걸었다.

*   *   *

"우리 이제 어떻게 해요, 언니?"

유나가 울상이 되었다. 다른 걸즈파워 멤버들도 고개를 푹숙였고, 크리스틴 또한 불안한 얼굴로 입술을 깨물었다. 넓은 연습실 안으로 적막감이 어렸다.

걸즈파워 멤버들이 빙 둘러앉아 나름 회의를 하고 있었지만 뾰족한 수는 없었다.

그때였다.

드르륵, 드르륵.

핸드폰이 연습실 바닥을 두들겼다.

"연습 시간에 핸드폰 꺼놓으라고 했을 텐데? 누구 핸드폰이야?"

크리스틴이 엄한 목소리로 물었다. 유나가 얼른 핸드폰을 집어 들었다.

"어, 언니, 내 거예요. 핸드폰 바로 끌게요."

유나가 급히 핸드폰을 끄려 했다. 그러다 핸드폰을 툭 떨어뜨렸다. 그러자 배터리가 분리되며 핸드폰 전원이 나가고 말았다.

"어? 어, 난 몰라!"

유나가 별안간 발을 동동 굴렀다.

"왜? 누군데?"

걸즈파워 멤버 제시가 물었다. 유나가 급히 핸드폰 전원을 켰다. 핸드폰이 다시 부팅되는 동안 초조함에 유나가 손톱을 마구 깨물었다.

핸드폰 전원이 들어오자 유나가 서둘러 통화 목록을 살펴보았다. 유나의 얼굴이 밝아졌다.

"누구냐니까?"

동갑내기 멤버 연희가 재촉했다. 유나가 미소를 지었다.

"어울림 김현우 대표님."

연습실에 정적이 어렸다. 그러다 걸즈파워 멤버들이 일제히 크게 놀랐다.

"기, 김현우 대표님? 어울림 엔터테인먼트?"

크리스틴이 확인차 물었고, 유나가 고개를 끄덕였다.

"뭐지? 왜 전화하셨지?"

크리스틴이 추측을 시작했다. 그러다 유나가 손바닥을 마주쳤다.

"잘못 누른 거 아닐까요?"

"야, 이 바보야! 지금 상황에서 그런 말이 나와?"

다른 멤버 나나가 혀를 찼다.

"전화해 봐, 유나야."

크리스틴이 결단을 내렸다. 크리스틴의 과감한 결단에 멤버들이 긴장했다. 어울림 엔터테인먼트와 김현우 대표는 S&H 사람들에겐 주홍글씨 같은 존재였다.

"나나야."

"응."

나나가 얼른 연습실 문을 잠갔다.

"전화 걸어봐."

"네."

유나가 얼른 통화 버튼을 눌렀다. 송지유의 낙엽편지가 컬러링으로 들려왔다. 그리고 마침내 전화가 걸렸다.

"여, 여보세요? 유, 유나입니다."

유나가 작은 목소리로 먼저 말을 꺼냈다.

―유나 씨 맞구나? 잘 지냈어요? 김현우입니다. 저 기억나죠?

"네! 그럼요, 대표님! 잘 지내셨어요?"

―저야 잘 지내죠. 밥 먹었어요?

"먹었다고 해요?"

유나가 멤버들을 쳐다보며 작은 목소리로 물었다. 사실 방금 전에 밥을 먹었기 때문이다.

"야, 너 바보야? 안 먹었다고 해야지."

"네, 저 안 먹었어요."

―다행이네. 저녁 약속 없으면 유나 씨랑 다른 멤버분들이랑 저녁 식사를 하고 싶은데 괜찮을까요?

현우의 말에 걸즈파워 멤버들이 입을 벌렸다.

"왜, 왜요?"

질문을 해놓고도 유나는 소스라치게 놀랐다. 크리스틴과 다른 멤버들이 이마를 짚었다.

―음, 뭐라고 설명해야 하지? 일단 기다려 봐요.

핸드폰 너머로 잠시 말이 없었다.

"어떻게 해? 끊으셨나 봐요!"

"바보야, 왜요가 뭐야? 너 지금 철벽 쳐?"

"힝. 제시 언니, 그런 뜻이 아니었는데."

걸즈파워 멤버들이 발을 동동 굴렀다. 그때였다.

—안녕, 얘들아?

너무나도 익숙한 음성이 들려왔다. 그리고 걸즈파워 멤버들의 표정이 묘해졌다.

*　　　　*　　　　*

하얀색 SUV가 저녁 무렵의 강남대로를 달리고 있었다. 운전대를 잡고 있는 현우가 슬쩍 조수석에 앉아 있는 엘시를 살펴보았다.

창밖을 내다본 채 엘시가 생각에 잠겨 있었다.

"…멤버들이 저를 반겨줄까요?"

엘시가 창밖을 쳐다보며 현우에게 물었다.

"음, 반겨주는 멤버들도 있을 거고 그렇지 않은 멤버들도 있을 거야."

"그렇겠죠?"

"겁나는구나?"

엘시가 고개를 끄덕끄덕했다. 현우는 엘시의 심정을 충분히 알 것 같았다. 현우도 한때는 암담한 본인의 현실을 받아들이지 못해 도망만 다닌 시절이 있었다. 회귀 전, 오랜만에 손태명과 송지유를 SBC 방송국에서 다시 봤을 때 현우는 이런 생각을 한 적이 있었다.

'내가 왜 마주쳐 보지도 않고 지레짐작해 도망쳤을까?'

지금 엘시는 딱 회귀 전의 현우와 비슷한 상황이었다.

"다연아."

"네."

"사람 일은 말이야, 겪어보기 전에는 절대 알 수 없어. 가장 어리석은 짓이 상처받을까 봐 현실을 외면하고 피해 버리는 거야. 피하기만 하면 악화될 뿐 달라지는 건 없어. 결국에는 언젠가 그 현실을 마주하게 되거든. 그러니까 걸즈파워 멤버들을 믿어봐. 어쩌면 유나 씨처럼 너를 이해해 줄 수도 있어."

"…오빠."

"응."

"오빠는 정말 좋은 사람이에요."

"나도 알아."

"지유가 부럽네요."

"지유? 지유가 왜?"

"있어요, 그런 거."

현우와 엘시 사이에 잠시 침묵이 흘렀다.

*　　　　*　　　　*

하얀색 SUV가 압구정 후미진 골목으로 들어섰다. 현우는 혹시 몰라 차 안에서 주변을 살펴보았다.

"수상한 사람 없지, 다연아?"

"네, 없는 것 같아요."

"오케이."

현우는 SUV를 개인 카페 주차장에 세웠다.

철컥.

먼저 운전석에서 내린 현우가 조수석 문을 열어주었다.

"문까지 열어주시는 거예요?"

"매니저니까."

엘시가 워커를 신은 채로 조수석에서 내렸다. 현우가 엘시를 내려다보았다.

"차 안에서 기다리고 있을 테니까 하고 싶은 이야기 있으면 빼놓지 말고 다 하고 와."

"먼저 가세요. 제가 불편해요."

"회사로 가봐야 일밖에 더 하겠어? 차 안에서 잠깐 눈 좀 붙이지, 뭐."

"오빠 차 안에서 재운다고 지유가 혼낼 텐데."

"걱정 마. 지유한테는 비밀로 해줄게."

"알았어요. 그럼 마음이 놓이네요."

엘시가 옷매무새를 바로 했다. 그리고 핸드폰에 비친 얼굴을 보며 머리카락도 매만졌다.

"누가 보면 소개팅이라도 하는 줄 알겠네. 충분히 예쁘니까 들어가 봐."

"오빠, 저 살아서 돌아올게요."

"그 정도야?"

"유나 빼고는 다 깡패들이에요. 특히 크리스틴이 저 보면 가만 안 있을 거예요."

엘시를 보며 현우가 피식 웃었다. 긴장하고 있기는 했지만 오랜만에 멤버들을 본다는 생각에서인지 엘시가 살짝 들떠 있었다.

"다녀올게요."

"그래, 부디 살아서 보자."

현우가 살랑살랑 손을 흔들며 배웅했다. 그리고 회색 코트 차림의 엘시가 카페 문을 열고 그 안으로 사라졌다.

*　　　　*　　　　*

또각또각.

워커 소리가 복도를 울렸다. 복도 끝에 위치한 문이 가까워질수록 엘시는 긴장을 머금었다.

문 앞에 선 엘시가 마지막으로 숨을 들이마셨다. 그런 다음 조심스럽게 문을 열었다. 끼이익!

문이 열리며 오랜 세월 동안 동고동락한 걸즈파워 멤버들의 얼굴이 하나둘 시야에 들어왔다.

자연스레 반가운 마음이 먼저 들었지만 내색할 수가 없었다. 엘시가 가만히 멤버들 앞에 섰다.

엘시와 걸즈파워 멤버들 간에 어색한 침묵이 감돌았다. 엘시가 강원도로 잠적할 때만 해도 서로를 그리워하고 걱정했다. 하지만 그때와 지금은 상황이 많이 달랐다.

크리스틴이 팔짱을 낀 채로 엘시를 올려다보았다.

"신수가 훤하네. 보기 좋다."

"어, 언니, 왜 그래요?"

옆에 앉아 있던 유나가 어쩔 줄을 몰라 했다. 크리스틴이 꼬고 있던 다리를 척 내렸다.

"이다연."

"……."

"너, 심지어 살쪘다?"

크리스틴의 말에 엘시가 고개를 끄덕였다.

"미안. 너희들 볼 면목이 없었어. 그래서 그동안 연락도 못했어. 얼마든지 욕해도 좋아. 다 나 때문이잖아."

엘시가 고개를 푹 숙였다. 걸즈파워 멤버들은 아무 대답도 하지 않았다. 그저 엘시를 쳐다보고만 있을 뿐이었다.

"언니들, 이럴 거예요? 다연 언니 아무 죄 없다는 거 알잖아요?"

보다 못한 유나가 자리에서 일어나며 말했다. 커다란 눈동자에 벌써 눈물이 그렁그렁했다.

"유나야, 괜찮아. 다들 충분히 화날 만해."

"아니에요!"

유나가 엘시의 앞을 가로막았다. 그리고 멤버들에게 소리쳤다.

"언니들도 알잖아요? 연희 너도 알잖아? 다연 언니, 강원도로 도망가지 않았으면 지금 이 세상 사람이 아닐 수도 있어. 그리고 걸즈파워 나가기로 한 건 우리도 암묵적으로 동의한 거 아니었어요? 지금 우리 상황이 이렇다고 해서 다연 언니를 몰아세우는 건 아니라고 봐요."

"앉아, 유나."

"수진 언니, 언니마저 이럴 거예요? 다연 언니랑 제일 친한 사람 아니었어요?"

유나가 크리스틴의 한국 이름을 거론하며 따졌다.

"크리스틴은 잘못 없어."

제시가 말했다. 결국 엘시가 입술을 깨물었다.

"미안. 내가 너무 내 생각만 했어. 오늘은 돌아갈게. 너희들화 풀릴 때까지 기다릴게. 연락해 줘."

엘시가 쓸쓸히 돌아서려 했다.

"어, 언니."

유나도 차마 엘시를 붙잡지 못했다. 그때였다. 별안간 룸 안으로 엘시의 솔로곡인 'Rain spell'이 울려 퍼졌다.

돌아서려던 엘시가 다시 고개를 돌렸다. 엘시의 표정이 흔들렸다.

"하아, 창피해."

크리스틴이 얼굴을 가렸다.

"수진이 핸드폰 벨소리야. 내가 바꾸라고 했거든. 근데 안 바꿔."

제시가 딴청을 피우며 말했다. 크리스틴이 황급히 핸드폰을 꺼냈다.

"…누군데요?"

유나가 당황스럽단 얼굴로 물었다.

"이석우 실장님. 조용히들 해봐."

크리스틴이 전화를 받고 멤버들끼리 저녁을 먹으러 나왔다며 둘러댔다. 통화가 끝나고 어색한 침묵이 흘렀다.

그러다 엘시가 주르륵 소리 없이 눈물을 흘렸다.

"이리 와."

크리스틴의 한마디에 엘시가 와락 달려들었다. 유나를 비롯한 다른 멤버들도 서로를 껴안았다. 룸 안이 순식간에 눈물바다가 되어버렸다.

"미안해. 정말 미안해, 얘들아."

엘시가 울먹였다. 크리스틴이 엘시의 등을 토닥였다.

"괜찮아. 사실 우리도 다연이 네가 보고 싶었어."

"그, 근데 왜 다연 언니한테 그렇게 쌀쌀맞게 했어요, 수진 언니?"

유나가 코를 훌쩍이며 따지고 들었다. 언니들이 괜히 야속하고 미웠다.

"다연이는 리더잖아."

"맞아요. 그랬어요. 흑!"

유나는 아예 대성통곡을 했다. 걸즈파워 활동을 하면서 힘든 일이 있으면 멤버들은 언제나 엘시에게 짜증을 내고 화풀이를 하곤 했다. 그럴 때마다 리더인 엘시는 의젓하게 멤버들의 감정을 받아주었다. 그래서 유나를 비롯한 멤버들은 엘시의 마음이 고장 난 게 자신들 탓이 아닐까 하는 죄책감을 가지고 있었다.

"다연아, 미안해. 오랜만에 너한테 응석 좀 부려보고 싶었어."

크리스틴도 참고 있던 눈물을 흘렸다. 엘시가 얼른 눈물을 닦아내었다.

"오랜만에 우리 새끼들 얼굴 좀 보자. 응?"

엘시가 걸즈파워 멤버들의 얼굴을 하나하나 확인했다. 활동할 때마다 하던 익숙한 행동에 걸즈파워 멤버들도 웃음을 되찾았다.

"엘시가 드디어 돌아왔네."

오랜만에 활기를 되찾은 멤버들을 돌아보며 제시가 말했다.

＊　　　＊　　　＊

"그래서 정우 오빠도 어울림에서 일할 거라고?"

"응, 이번 주에 서울로 올라올 거야."

"잘됐네, 정우 오빠도."

크리스틴을 비롯한 걸즈파워 멤버들이 밝은 얼굴을 하고 있었다. 샌드위치를 한가득 입으로 가져가며 유나가 입을 열었다.

"근데 김현우 대표님도 같이 왔어요, 언니?"

"응. 밖에서 기다리고 있을걸."

"오랜만에 대표님 보고 싶다. 언니들은 대표님 한 번도 못 봤죠?"

유나의 말에 크리스틴을 비롯한 다른 멤버들도 관심을 보였다. 어울림의 젊은 대표는 대중들은 물론이고 연예계에서도 자주 입에 오르내리는 인물이었다.

엘시가 조용히 웃었다.

"차에서 자고 있을 거야."

"아쉽다. 김현우 대표님 완전 키다리 아저씨 스타일인데. 헤헤."

"다음에 오빠랑 같이 보자, 그럼."

"오빠?! 오빠?!"

유나가 샌드위치를 내려놓으며 놀란 표정을 했다. 천하의 엘시가 남자한테 오빠라니. 다른 멤버들도 놀란 기색이었다.

"언니… 혹시……?"

"아니거든? 이미 임자 있어."

"어? 그 임자가 누군데요?"

"유나 너는 몰라도 됩니다. 그건 그렇고, 회장님 만났다며?"

엘시가 화제를 돌렸다. 크리스틴이 무거운 얼굴을 했다.

"응, 오늘 만났어. 이미 우리는 안중에도 없는 눈치였어."

"원래 그런 사람이잖아."

"그러네. 원래 그런 분이셨지."

크리스틴이 한숨을 내쉬었다. 걸즈파워가 막 데뷔를 앞둘 무렵, S&H의 주력 걸 그룹이던 캔디밀크의 끝을 멤버들도 지켜본 적이 있었다.

다만 그때는 자신들의 일이 아니었고, 어린 나이여서 캔디밀크 선배들의 상황과 심정을 헤아릴 수가 없었다. 하지만 세월이 흘러 자신들도 같은 처지에 놓이게 되었다.

"소진 선배님 연락되는 사람 있어?"

"가, 가끔 안부 주고받아요, 언니."

유나가 말했다.

"갑자기 소진 선배님 보고 싶다."

크리스틴의 말에 분위기가 숙연해졌다. 캔디밀크의 센터이던 그녀는 현재 배우로 활동하고 있었다. 하지만 아이돌 출신 연기자가 그렇듯 그리 인기가 많지는 않았다. 최근에는 활동도 뜸했다. 화려하던 아이돌 그룹 시절과 비교하면 그 끝이 좋지 않았다.

지금도 리즈 시절이라며 화려하던 캔디밀크 활동 때의 사진과 초라한 지금의 상황을 비교하는 짤들이 돌아다니고 있었다.

한때 동경하던 선배의 추락에 걸즈파워 멤버들은 두려웠다. 자신들도 얼마든지 그렇게 될 수 있었기 때문이다. 아니, 이대로라면 분명 같은 길을 걸을 것이다.

"얘들아."

엘시가 멤버들을 불렀다. 걸즈파워 멤버들이 일제히 엘시를 쳐다보았다.

"내가 너희들 지킬 거야. 이제는 혼자서만 도망치지 않아."

엘시는 단호했다. 걸즈파워 멤버들이 눈물을 머금었다.

"걸즈파워 2기라고? 웃기지 말라고 해. 걸즈파워는 우리야. 우리가 아니면 누구도 걸즈파워 절대 못 해."

엘시가 독기를 품었다.

"하지만 방법이 없어, 다연아. 우린 괜찮아. 최대한 버텨볼게. 우린 네가 잘된 것만으로도 만족해."

크리스틴이 말했다. 모든 연예인이 그렇듯 걸즈파워 멤버들도 S&H와 계약으로 묶여 있었다.

"수진아, 계약 기간 몇 년 남았어?"

"나랑 제시, 나나는 1년, 아이는 2년 남았어. 문제는 유나랑 연희야. 5년이나 남았어."

걸즈파워 멤버들은 멤버들마다 계약 기간이 다 달랐다. 이유가 있었다. S&H는 멤버들마다 계약 기간을 다르게 해서 협상 테이블에 앉았을 때 멤버들끼리 단합하저 못하도록 꼼수를 쓰고 있었다.

"5년이나?"

엘시가 입술을 깨물었다. 걸즈파워 2기가 활동을 시작하는데 유나랑 연희는 계약 기간이 무려 5년이나 남아 있었다.

"연희랑 저는 괜찮아요."

"그런 게 어디 있어? 1년 후에 우리만 나가라고? 싫거든?"

크리스틴이 유나를 혼냈다.

엘시를 비롯한 걸즈파워 멤버들은 마음이 무거웠다. 5년이라는 계약 기간이 너무 무겁게 느껴졌다.

"방법은 하나네, 결국."

엘시가 생각 끝에 입을 열었다.

"뭔데요, 언니?"

유나가 물었다.

"걸즈파워 2기 애들이 망하길 바라는 수밖에."

"네?"

유나가 깜짝 놀랐다.

"다연이 말이 맞아. 지금으로서는 걸즈파워 2기 애들이 잘 안 되길 바라는 수밖에 없어. 어쩌면 우리한테 다시 기회가 올 수도 있을 테니까."

크리스틴도 엘시의 의견에 동조를 했다.

"i2i가 잘되기를 바라야겠네요, 그럼."

연희가 한숨을 내쉬며 말했다. 최정상의 자리에서 자신들을 밀어낸 i2i를 응원해야 하는 꼴이라니 상당히 아이러니했다.

"그리고 현우 오빠가 나랑 약속했어."

"약속? 무슨 약속?"

크리스틴을 보며 엘시가 말했다.

"언젠가 걸즈파워로 다시 활동하게 해준다고 했어."

"…정말이에요?"

유나가 화들짝 놀라며 물었다. 걸즈파워 멤버들도 화색을 띠었다. 엘시가 고개를 끄덕였다.

"역시 갓 현우야."

유나가 감탄을 섞어 말하자 엘시가 활짝 웃었다.

*   *   *

"지유 씨, 더 빨리! 빨리!"

정민식 사범의 외침에 송지유가 이를 악물었다. 와이어를 양어깨에 매단 채로 송지유가 전력을 다해 달렸다. 그리고 파란색 스펀지를 밟고 있는 힘껏 점프했다.

"좋아!"

정민식 사범의 고함과 함께 송지유가 허공으로 몸을 날렸다.

휙!

송지유가 공중에서 팽이처럼 몸을 돌렸다.

픽!

그런 다음 낙법으로 바닥에 착지했다.

"어땠어요, 사범님?"

송지유가 숨을 몰아쉬며 물었다. 정민식 사범이 조용히 박수를 쳤다.

"됐다, 됐어, 지유 씨. 하하!"

"하아!"

송지유가 그대로 바닥으로 누웠다. 온몸의 힘이 쭉 빠져 버렸다. 그리고 그 위로 익숙한 얼굴이 나타났다. 송지유가 바닥에 누운 채로 방문객을 올려다보았다.

"꼴좋다, 송지유."

듣기 좋은 중저음의 목소리에 송지유가 살짝 웃었다.

"지금 웃음이 나와?"

"오빠, 나 일으켜 줘요."

"하아, 이거 참."

현우가 송지유를 부축해서 일으켜 세웠다. 그리고 송지유를 가만히 살펴보았다. 그새 또 살이 빠져 있었다.

스턴트 훈련과 무술 훈련이 얼마나 고된 일인지를 송지유가 몸소 보여주고 있었다. 정민식 사범과 액션 스쿨 쪽 관계자들이 현우를 보며 괜히 미안해했다.

"지유, 잘하고 있습니까, 사범님?"

"저번에도 말씀드렸다시피 타고났다고밖에 말할 수가 없습니다. 저희 액션 스쿨 여자 스턴트 배우들보다도 습득 속도가 빠릅니다."

"그래요?"

현우는 고개를 끄덕였다. 그럴 만도 했다. 송지유는 운동 신경도 좋았지만 독종 중의 독종이었다.

"지유 씨를 보고 여배우에 대한 편견이 사라질 정도입니다."

정민식 사범이 현우에게 말했다. 옆에 서 있던 다른 스턴트 배우들도 송지유를 인정하며 고개를 끄덕였다.

대한민국 영화계는 남자 배우들을 중심으로 돌아가는 곳이었다. 주연 남자 배우가 누구냐에 따라 투자가 결정되고 제작이 결정되곤 했다. 여배우는 그야말로 히로인 역할 그 이상도 그 이하도 아니었다.

그래서 여배우들 중에는 남자 배우를 중심으로 돌아가는 대한민국 영화판에 불만을 가지고 있는 경우가 종종 있었다. 연기파 배우인 정아진도 영화 매거진과의 인터뷰에서 단독 주연을 맡아보는 것이 배우로서의 꿈이라고 밝힌 적이 있다.

영화의 본고장인 할리우드도 상황은 별반 다르지 않았다. 다만 차이점이 있다면 할리우드에서 활동하고 있는 수많은 여배우들은 이런 편견을 깨기 위해 도전을 거듭하고 있다는 것이다.

미녀 배우로 유명한 어느 여배우가 머리를 삭발하고 사형수 역할을 맡기도 하며, 몰라볼 정도로 체중 증량을 하는 경우도 있었다. 단순히 예뻐야만 하는 여배우의 한계를 스스로 깨고 있는 것이다.

그리고 송지유도 마찬가지였다. 여배우로서 단독 주연을 맡으면서 송지유는 일종의 책임감을 가지고 있었다. 그래서 더이를 악물고 훈련에 집중했다. 몸을 사리고 그저 예쁘게만 보이려고 하는 다른 일부 여배우들과는 마인드 자체가 달랐다.

그래서 정민식 사범은 물론이고 처음에는 콧방귀를 뀌던 액션 스쿨의 스턴트 배우들도 이제는 송지유의 열렬한 추종자가 되어 있었다. 하나라도 더 가르쳐 주기 위해 안달이 난 상태였다. 본인들만의 노하우도 송지유에게 스스럼없이 가르쳐주고 있었다.

송지유가 현우와 함께 2층 사무실로 걸음을 옮기는데도 금이야 옥이야 하며 스턴트 배우들이 좌우에서 우르르 따라다녔다.

"물 먼저 마시자."

"네."

현우가 송지유에게 물통을 건넸다. 송지유가 물을 마시는 모습도 신기하고 좋은지 스턴트 배우들이 자리를 뜨지 못했다.

2층 사무실에 들어오자마자 송지유가 소파로 쓰러지듯 기댔다.

"오빠, 배고파요."

"오케이. 든든하게 고기 먹자. 근데 너, 인기 좋다?"

"언제는 인기 없었어요?"

"그런가?"

현우가 피식 웃었다. 지쳐 보이는 송지유가 안쓰러웠다.

"그러니까 왜 괜히 장삼우 감독님 영화를 한다고 고집을 부려가지고."

"잔소리 좀 그만해요. 요즘 오빠랑 나랑 바뀐 거 알아요? 잔소리는 원래 내가 하는 거 아니었어요?"

"그랬지. 상전벽해네. 그건 그렇고, 가서 샤워하고 와. 배고프다며?"

"5분만 잘게요. 아니, 10분만."

송지유의 목소리가 조금씩 잦아들었다. 그리고 눈꺼풀이 조금씩 감겼다. 많이 피곤한 모양이었다.

"그래, 조금만 자."

"…고마워요."

송지유가 소파에 무릎을 쪼그리고 앉아 잠이 들었다. 잠시 지켜보던 현우는 슈트 상의를 벗어 송지유에게 덮어주었다.

"……"

물끄러미 송지유를 쳐다보던 현우가 송지유의 볼에 살짝 손가락을 갖다 대었다. 그리고 흘러내린 머리카락을 조심스럽게 뒤로 넘겨주었다.

＊　　　＊　　　＊

파주 액션 스쿨 근처에 위치한 식당에서 현우와 송지유가 식사를 이어가고 있었다. 불판 위에 놓인 소고기가 노릇노릇 익어갔다. 현우가 능숙하게 잘 익은 고기를 송지유의 접시에 놓았다.

송지유가 현우가 구워준 고기를 입으로 가져갔다.

"맛있어?"

"응."

"응? 말이 짧다?"

"그래서요? 고기나 구워요."

"아, 예."

현우는 피식 웃으며 고기를 구웠다. 액션 스쿨을 다니면서 송지유는 평소보다 배는 더 챙겨 먹고 있었다. 그럼에도 계속해서 체중이 줄었다.

"밥 한 공기 시킬 테니까 같이 먹어."

"그럼 고기 많이 못 먹어요."

"장삼우 감독님이 보면 너 살 빠진 거 보고 놀라실 거야."

"알았어요. 이모님, 여기 밥 한 공기요!"

송지유가 씩씩하게 밥을 주문했다. 밥이 나오고 된장찌개도 나왔다. 현우가 먹기 편하게 밥을 새 접시에 덜어주었다.

"체하니까 꼭꼭 씹어 먹고."

"근데 왜 이렇게 잘해줘요, 오늘?"

"내가? 그랬나?"

"밥까지 덜어주는 건 과잉인데?"

현우가 고기를 굽던 집게를 내려놓고 머리를 긁적였다. 척하면 척, 송지유만큼 현우를 잘 아는 사람도 없었다.

"말해봐요. 부탁할 게 뭔데요?"

"…그게 말이지."

현우가 씩 웃으며 운을 뗐다.

* * *

[새로운 걸즈파워, 드디어 선보인다!]

[S&H 엔터테인먼트, 회심의 역작 걸즈파워 2기 출격!]

[3세대 아이돌 그룹의 종결! 걸즈파워 2기!]

[걸즈파워 2기, Xena와 6명의 멤버 전격 공개!]

[걸즈파워 센터는 Xena가 아니다? 센터는 Tia!]

[걸즈파워 2기 센터 Tia는 과연 누구인가? 관심 집중!]

새로운 한 주가 시작되는 월요일 아침부터 포털 사이트엔 걸즈파워 2기에 대한 기사가 줄을 이었다. 대중들의 관심도

온통 걸즈파워 2기에 모아져 있었다.

—걸즈파워 2기! 드디어 공개하는구나! ㄷㄷㄷ

—엄청 기대하고 있었음! 역시 아이돌은 S&H지!

—언제 뮤직비디오랑 멤버들 공개함? 궁금해 미치겠음. ㅋㅋㅋ

—오늘 저녁 6시에 뮤직비디오 먼저 공개하고 S&H 홈페이지에 멤버들 공개한다고 올라옴! 홈페이지! ㄱㄱ

"하, 결국."

크리스틴이 입술을 깨물었다. 다른 멤버들도 어두운 표정을 하고 있었다. 포털 사이트 기사에 달린 댓글들 중 기존의 걸즈파워 멤버들을 언급하는 사람들은 거의 없었다. 대중들의 관심은 오로지 새로운 걸즈파워에게 쏠려 있었다.

걸즈파워 1기 멤버들의 상품성이 떨어졌다고 냉정하게 몰아세우던 이장호 회장이 말이 틀리지 않았음을 대중들이 증명하고 있었다.

"수진 언니, 우리 어떻게 해요?"

유나의 눈에 눈물이 그렁그렁했다. 다른 멤버들도 사태의 심각성을 깨닫고 참담한 표정을 짓고 있었다.

"기다려 보자. 아직 6시 되려면 시간이 좀 남았어. 이번 앨범 콘셉트 뭐라고 했지? 아는 사람 있어?"

크리스틴이 물었지만 다들 고개를 저었다. 걸즈파워 2기에 관한 사안은 S&H 내에서도 극비였다. 특히 기존의 걸즈파워 멤버들에게는 알려진 정보가 없었다.

그때였다. 걸즈파워 전용 연습실의 문이 열리고 이석우 실장이 나타났다. 동그랗게 모여 앉아 있던 걸즈파워 멤버들이 이석우 실장을 쳐다보았다.

"무슨 일이세요, 여기까지?"

크리스틴이 차갑게 물었다. 이석우 실장이 한숨을 삼키며 연습실로 들어왔다.

"너희들도 기사를 봤을 거라고 생각한다."

"네, 봤어요. 근데요, 실장님?"

싸늘한 걸즈파워 멤버들을 본 이석우 실장은 입안이 썼다. S&H 소속 아티스트들의 끝은 항상 이랬다. 화이트 키드도, 캔디밀크도 아직까지 좋지 않은 감정을 가지고 있는 멤버들이 존재했다.

그리고 지금까지는 어쩔 수 없는 일이라고 생각해 온 이석우 실장이다. 하지만 이제는 생각이 조금 달랐다.

걸즈파워 1기 멤버들을 어릴 적부터 봐와서 그런지도 몰랐다. 이석우 실장은 죄책감을 느끼고 있었다.

"미안하다. 내가 할 수 있는 게 없었어."

"…실장님?"

예상하지 못한 이석우 실장의 사과에 걸즈파워 멤버들이 놀랐다.

"실장님."

마음이 여린 유나가 이석우 실장의 품에 안겼다. 잠시 멈칫하던 이석우 실장이 유나의 등을 토닥였다.

"새로운 걸즈파워가 어떻게 될지는 나도 모른다. 너희들보다 잘될 수도 있겠지. 하지만 너무 걱정할 거 없다. 내가 너희들은 꼭 지켜주마."

"…갑자기 왜 이러시는 거예요, 실장님?"

크리스틴이 물었다. 이석우 실장이 걸즈파워 멤버들을 눈에 담았다. 뭐라고 대답을 해야 할지 이석우 실장은 어려웠다. 며칠 전만 하더라도 젊은 시절을 다 바친 S&H 때문이라고 생각했다.

하지만 막상 지금 생각해 보니 그건 아닌 것 같았다. 마땅한 대답을 찾던 이석우 실장은 결국 아무 말이나 내뱉고 말았다.

"나도… 사람이다."

*　　　*　　　*

오후 6시. S&H는 홈페이지에 걸즈파워 2기 멤버들의 티저 영상을 공개했다. Xena를 포함한 7명의 새로운 걸즈파워 2기를 보기 위해 수많은 대중들이 몰려들었다.

성공적인 솔로 활동을 마친 혼혈 소녀 Xena를 중심으로 센터라 알려진 Tia가 공개되자 큰 주목을 받았다. 다른 멤버인 Sia와 쌍둥이인 것이다. Tia와 Sia 쌍둥이 자매는 엄청난 파급력을 가져왔다. 백옥같이 하얀 피부가 특징인 쌍둥이 자매는 전형적인 아이돌 상이었다. 보통이 아니었다.

　―와! 쌍둥이 멤버도 있었어? ㅋㅋ

　―티아랑 시아? 역대급 미소녀 자매다! ㅋㅋㅋㅋ

　―대박! 송지유랑 비벼볼 만한데, 거의? ㄷㄷ

　―다른 멤버들도 미쳤음. 어지간한 걸 그룹 센터 에이스 레벨임.

　―어느 정도인데?

　―아, 그냥 옐시나 이솔이 7명이라고 생각하면 됨. ㅋ

　―역시 S&H! ㅋㅋㅋㅋㅋ

　―선발대입니다, 여러분. Xena, Tia, Sia, 진, 옐로우, 하이, 크림, 이렇게 7명입니다. 여러분, 제나는 다 아실 거고 티아랑 시아는 쌍둥이 자매입니다. 그냥 미모가 미쳤습니다. 다른 멤버들은 어떠냐고요? 직접 보세요. 진도 그렇고 옐로우랑 하이, 크림 전부 역대급입니다. ㅋㅋㅋㅋㅋㅋㅋ

뒤이어 뮤직비디오가 공개되었다.

걸즈파워 2기가 선택한 데뷔곡은 i2i가 유행시킨 걸리쉬 장르에 하우스 장르를 섞은 곡이었다. 여기까지만 보면 단순하게 생각될 수도 있었다. 하지만 뮤직비디오가 공개되며 대중들은 더욱 충격에 빠졌다.

지금의 걸즈파워라는 브랜드를 존재하게 해준 시그니처 의상인 청색 청바지에 분홍색 크롭 티 차림의 2기 멤버들이 등장했다. 그리고 중독성 강한 후크 송과 함께 화려하고 깜찍한 군무를 선보였다. 화려하고 깜찍하면서도 절도 있는 군무의 끝을 보여주고 있었다.

멤버들 한 명, 한 명의 비주얼도 뛰어나고 개인 능력도 뛰어나 어느 멤버를 봐도 화면이 꽉 차 보일 정도였다. 순식간에 조회 숫자가 미친 듯이 올라가기 시작했다.

뮤직비디오에 이어 음원 차트에도 걸즈파워 2기의 데뷔곡 'Dreaming'이 공개되었고, 코코넛은 물론 모든 음원 차트의 정상을 차지했다. 1위를 굳건히 지키고 있던 엘시가 순식간에 걸즈파워 2기에게 밀려나고 말았다.

─노래 중독성이 ㅎㄷㄷ.
─S&H에서 작정했나 봄. ㅋㅋ

―곡 진짜 잘 뽑았다. 무한 스트리밍 중!

―걸즈파워는 걸즈파워네, 역시.

―1기보다 2기가 훨씬 뛰어난 듯.

―걸즈파워가 다시 아이돌 정상 자리 차지할 것 같은데요? ㅋ

"으음, S&H는 S&H라 이건가?"

노트북을 들여다보며 현우가 턱을 쓰다듬었다. 어울림 엔터
테인먼트도 걸즈파워 2기에 촉각을 세우고 있었다.

현우가 대표실을 둘러보았다. 실장 손태명과 팀장 최영진이
보였다. 특히 i2i의 전담 매니저인 최영진은 심각한 표정을 하
고 있었다.

"현우 형님, 괜찮을까요?"

"음."

최영진이 불안한 눈빛으로 물었다. 현우도 쉽사리 대답하지
못했다.

Xena가 솔로로 데뷔했을 때와는 상황이 달랐다. 걸즈파워
2기는 아이돌 시장을 이끌던 걸즈파워라는 네임 밸류답게 무
엇 하나 깎아내릴 것이 없었다.

i2i처럼 걸즈파워 2기도 시대를 앞서 있었다.

"지유 앨범 제작할까?"

손태명이 넌지시 물었다. i2i만으로는 불안했기 때문이다.

현우가 고개를 저었다.

"지금? 시기적으로 이미 너무 늦었어. 그리고 지유는 영화에 전념하고 있잖아. 오늘도 파주 다녀왔다. 지유가 얼마나 열심히 훈련하고 있는지 알아?"

"나도 알지. 그냥 해본 소리야."

"너답지 않게 왜 그러냐, 태명아?"

현우가 물었다. 손태명이 길게 한숨을 내쉬었다.

"어쩌면 처음으로 우리가 실패할 수도 있을 것 같아서 그래."

"더군다나 상대는 S&H죠."

최영진도 말을 보탰다.

그때였다. 대표실 문이 열리고 김정우가 나타났다.

"정우 형님?"

"걸즈파워 때문에 조금 이르게 서울로 올라왔습니다, 대표님."

"대표님이라니요? 말씀 편하게 하시죠, 정우 형님."

현우의 배려에 김정우가 고맙다는 듯이 고개를 끄덕이며 소파에 앉았다. 그러자 현우의 얼굴도 환해졌다. 김정우, 그가 누구인가? 걸즈파워 1기를 정상에 올려놓은 바로 그 매니저였다.

김정우는 대표실에 감돌고 있는 심각한 분위기를 감지해 냈다. 김정우 역시 서울로 올라오는 고속버스 안에서 걸즈파워 2기에 대한 기사를 접했다.

　　"i2i 새 앨범은 얼마나 준비된 겁니까?"

　　김정우가 먼저 상황을 체크했다. 현우가 입을 열었다.

　　"타이틀곡 녹음은 끝났습니다. 의상 콘셉트도 마무리 단계입니다, 정우 형님."

　　"그렇군요. 현우 씨, 먼저 i2i 새 앨범 콘셉트와 곡을 확인하고 싶습니다."

　　"영진아."

　　현우가 최영진에게 눈짓을 보냈다. 최영진이 고개를 끄덕이며 USB를 꺼내 노트북에 꽂았다. 그리고 노트북을 돌려 김정우에게 보여주었다. 피피티 파일을 비롯해 여러 자료가 떠올랐다.

　　"천천히 보셔도 됩니다, 형님."

　　"예, 그럼."

　　김정우가 노트북에 시선을 고정시켰다.

　　현우는 팔짱을 낀 채로 김정우를 주시했다. 걸즈파워도 처음부터 인기가 있던 건 아니었다. 캔디밀크의 해체 여파로 당시 걸즈파워에 대한 평판이 좋지 못했다. 싱글 앨범을 발매할 때마다 족족 망했고, 결국 S&H에서는 걸즈파워를 방치했다.

그런 상황에서 팀장이던 김정우는 걸즈파워를 이끌었고, 후크 송의 시초인 첫 정규 앨범을 발매시켜 걸즈파워를 가요계의 정상에 올려놓았다. 그때부터 아이돌 열풍이 다시 시작되었다고 해도 과언이 아니었다.

비록 이장호 회장의 질투와 견제에 강원도로 떠났지만 현우는 그의 능력을 믿고 있었다. 그리고 시기적절하게 김정우가 어울림으로 합류했다.

얼마나 시간이 흘렀을까. 김정우가 노트북에서 USB를 뽑았다. 그리고 현우를 쳐다보았다.

"다 보셨습니까?"

"예. 그전에 현우 씨와 손 실장님, 최 팀장님의 생각을 듣고 싶습니다."

"저희들의 생각을요?"

현우가 물었다. 김정우가 고개를 끄덕였다.

"i2i는 현우 씨랑 여기 손 실장님, 그리고 최 팀장님이 힘을 합쳐 만들어온 그룹입니다. 여러분만큼 i2i에 대해 잘 아는 사람은 없을 겁니다."

김정우의 배려에 손태명과 최영진도 고개를 끄덕였다.

"영진아, 의견 있으면 먼저 말해봐."

현우의 말에 최영진이 진지한 표정을 했다.

"…전면전은 피하는 게 낫지 않을까요? 아니면 한국 활동은

포기하고 일본 활동에 전념하는 것도 나쁘지는 않을 것 같습니다."

말을 하면서도 최영진이 머뭇거렸다. 최영진의 생각은 최대한 안전하게 활동하자는 것이었다. i2i 멤버들과 가장 많은 시간을 보내는 만큼 최영진은 생각이 많았다.

손태명이 고개를 저었다.

"영진아, 네 심정은 이해해. 하지만 이미 한국 활동도 병행하겠다고 팬들한테 약속한 상황이야. 그리고 이제는 돌이킬 수가 없게 된 것 같아."

손태명이 노트북 화면을 모두에게 보여주었다. 포털 사이트에 그새 기사가 떠올라 있었다.

[걸즈파워 2기! 쌍둥이 자매, 목표는 i2i!]

[동경의 대상 i2i를 넘고 싶다! 2기 멤버들의 포부!]

[걸즈파워 2기 vs i2i! 걸 그룹의 끝판왕은 누구인가?]

—흥미진진. ㅋㅋ i2i는 언제 앨범 나옴?

—i2i 앨범 발매 연기하는 거 아님? ㅋㅋㅋ

—김태식 대표는 빼는 사람 아닙니다!

—간만에 아이돌 그룹끼리 경쟁 구도 붙으니까 재밌다. ㅋㅋ

—i2i, 빨리 나와라! 기다리고 있다고! ㅎㅎ

"늦었네요, 진짜로."

최영진이 쓰디쓴 입맛을 다셨다. 벌써 걸즈파워 2기와 i2i 간의 경쟁 구도가 형성이 되어 있었다. 1세대 아이돌 그룹 시절부터 이러한 경쟁 구도는 많은 대중을 열광하게 하는 요소였다.

S&H도 보이 그룹 화이트 키드를 이끌던 시절, 파인애플 뮤직의 보이 그룹 식스키스와 치열하게 다툰 적이 있었다. 일부 대중들은 그 시절이 아이돌 팬덤 시절을 꽃피운 시절이라고 평가하지만, 그 이면을 들여다보면 피 말리는 기획사 간의 경쟁이 존재했다.

"태명이 네 생각은?"

"우리 아이들을 믿어보는 수밖에. 솔직하게 말하면 솔이를 믿고 싶어."

손태명이 갓부기라 불리는 i2i의 공식 센터 이솔을 거론했다. 현우는 가만히 생각에 잠겼다. 이제 대답할 사람은 현우가 유일했다.

김정우를 비롯해 손태명과 최영진이 현우가 말을 꺼내기를 기다렸다. 한참이나 말이 없던 현우가 고민 끝에 결정을 내렸다.

"이번 앨범 처음부터 다시 기획해야겠습니다."

"뭐?!"

"예? 정말이십니까, 형님?"

손태명과 최영진이 깜짝 놀랐다. 이미 앨범은 완성 단계였다. 그런데 현우가 처음부터 다시 앨범을 기획하자는 말도 안 되는 말을 했다.

손태명, 최영진과 다르게 김정우만 빙그레 웃고 있었다.

"정우 형님, 형님까지 왜 그러시는 겁니까?"

손태명이 물었다. 김정우가 현우 대신 입을 열었다.

"걸리쉬 장르로는 걸즈파워를 절대 못 이깁니다. 현우 씨도 저랑 같은 생각을 하고 있는 겁니다, 태명 씨."

"정우 형님 말이 맞아. 걸리쉬를 다시 유행시킨 건 우리 i2i가 맞아. 하지만 걸리쉬 장르 자체를 후크 송으로 들고 데뷔한 그룹은 바로 걸즈파워야. 그리고 이번에도 걸리쉬 장르의 후크 송을 들고 왔어. 같은 장르로는 가망이 없어. 솔직히 노래가 너무 잘 나왔다. 우리 타이틀곡으로는 어림도 없어. 난 그렇게 생각해."

"……."

손태명은 차마 반박하지 못했다. 걸즈파워 2기가 들고 나온 신곡 'Dreaming'은 i2i의 대표곡 '소녀는 무대 위에'만큼이나 곡이 잘 나왔다. 누구나 들으면 금방 따라서 흥얼거릴 정도였다.

"그래서… 대안은?"

침묵 끝에 손태명이 물었다.

"일렉트로니카. 아예 일렉트로니카로 가자."

"일렉트로니카로 가자고?"

손태명이 생각에 잠겼다. 일렉트로니카는 외국에서 인기가 많은 대중적인 장르였지만 한국 가요계에서는 아직 생소한 장르였다.

"이유가 있어?"

"사실 솔이가 만든 곡을 요즘 계속 듣고 있거든."

현우의 말에 손태명이 눈동자를 빛냈다.

"너?"

"그래, 맞아. 솔이가 만든 곡이 하나 있어. 들어볼래?"

현우가 노트북 사운드를 최고로 올렸다. 그리고 곡 하나를 재생시켰다. 김정우를 포함해 다들 진지한 표정으로 귀를 기울였다.

잔잔하고 서정적인 피아노 연주가 흘러나왔다.

"솔이가 직접 연주한 거야?"

"응."

"근데 이건 클래식이잖아요, 형님?"

최영진이 물었다. 현우가 씩 웃었다.

"들어봐. 끝날 때까지 끝난 게 아니니까."

＊　　　＊　　　＊

어울림 엔터테인먼트 앞에 택시 한 대가 섰다. 그리고 택시에서 자그마한 체구의 소녀가 내렸다. 두꺼운 분홍색 코트에 하얀색 목도리까지 둘둘 둘러 소녀는 얼굴이 제대로 보이지 않을 정도였다.

목도리에 파묻힌 소녀의 정체는 이솔이었다.

"늦었다."

걸음을 재촉하며 이솔이 회사 안으로 들어섰다. 계단을 올라 3층 사무실로 올라온 이솔이 급히 대표실 문을 열었다.

"대표님! 저 왔어요!"

"솔이 왔구나?"

현우가 이솔을 반겼다. 목도리에 시야가 가려 이솔은 현우밖에 확인하지 못했다. 최영진이 고개를 절레절레 흔들며 자리에서 일어났다.

그리고 이솔의 목에 두툼하게 둘러져 있는 목도리를 풀어주었다.

"어, 영진 오빠도 있었어요? 손 실장님도? 앗, 안녕하세요! 정우 아저… 아니, 삼촌? 시, 실장님? 죄송해요."

이솔이 결국 울상이 되었다. 김정우가 조용히 웃으며 고개를 저었다. 결국 현우가 해결해 주어야 했다.

"김정우 실장님이라고 불러, 솔아."

"네, 대표님."

그렇게 말하고 이솔이 현우를 쳐다보았다. 예의 바른 성격 탓에 왜 불렀냐는 질문은 하지 못하고 현우가 말하기만을 기다리고 있는 것이다.

현우가 노트북에서 노래를 재생시켰다. 피아노 연주가 다시 흘러나왔다.

"어?"

"그래, 솔이 네 자작곡이야. 내 노트북에는 샘플밖에 없더라고. USB 가지고 왔지?"

"네, 가지고 왔어요."

이솔이 검정색 핸드백에서 핑크색 토끼 모양의 USB를 꺼내 들었다. 현우가 선물로 사준 고가의 장비였다.

"혹시 말이야, 내가 방금 재생시킨 곡 다 만들었어?"

"네, 얼마 전에 완성시키긴 했는데 아직 완전하지는 않아요. 아무래도 일렉트로니카 장르는 제가 잘 몰라서요."

"괜찮아. 일단 들어보자."

"네."

이솔이 USB를 건넸다. 현우가 얼른 이솔이 완성시킨 곡을 찾아서 재생시켰다. 다시금 피아노 연주가 대표실 안으로 울려 퍼졌다.

현우가 가지고 있던 버전과 다른 것이 있다면 이솔이 허밍으로 노래를 부르고 있다는 것이다.

피아노 연주가 계속되었다. 그러다 어느 순간 깊은 베이스음이 더해졌다. 그리고 강력한 전자음이 휘몰아쳤다. 세련되고 중독성 넘치는 일렉트로니카 사운드 속에서 이솔의 허스키한 보이스가 허밍을 계속 이어갔다.

손태명과 최영진이 서로를 보며 입을 벌렸다. 김정우도 입가에 미소를 지었다. 잔잔한 전자음이 또 반복되더니 다시 강력한 전자음이 휘몰아쳤다.

순식간에 대표실이 일렉트로니카 공연장으로 변해 버렸다. 3분 30초짜리 일렉트로니카곡이 끝났지만 대표실은 고요했다.

"…구나."

"뭐?"

현우가 다시 물었다. 손태명이 이솔을 쳐다보며 다시 입을 열었다.

"천재구나, 솔이는."

"아, 아니에요!"

이솔이 얼굴을 붉혔다. 손태명이 고개를 저었다.

"승석이랑 블루마운틴한테 배운 거야, 솔아?"

"네, 조금."

"조금? 근데 이 정도라고?"

"아, 아니, 많이요!"

이솔이 서둘러 정정했다. 손태명이 혀를 내둘렀다. 편곡을 거치지 않은 곡이었지만 일렉트로니카 그 자체였다. 그리고 화려한 전자음으로 이루어진 일렉트로니카 장르 특유의 호불호가 갈리지 않을 정도로 곡이 좋았다. 피아노 연주가 호불호를 없애주고 있었다.

"곡 자체는 너무 좋아. 근데 이 곡은 완벽한 일렉트로니카야. 아이돌 그룹의 곡으로는 어울리지는 않을 거야. 이 점만 빼면 내가 볼 때 우리가 타이틀곡으로 정한 곡보다 훨씬 대중에게 먹힐 수도 있어. 아니, 먹힌다."

손태명의 말에 김정우도, 현우도 고개를 끄덕이며 동의했다. 그리고 현우가 입을 열었다.

"i2i는 아이돌 그룹이 맞아. 그런데 말이야, 대체 누가 아이돌과 아티스트의 경계선을 정해놓은 건데? 아이돌 그룹은 무조건 아이돌 노래만 해야 하는 건 아니잖아. 안 그래?"

"그래서?"

"이번에는 아이돌 콘셉트는 최대한 버릴 거야. 음악으로 승부한다. 지유가 트로트로 가요계에 정상에 섰듯이 말이야."

현우가 굳은 결심을 한 얼굴로 말했다.

"일본 쪽은요, 형님?"

최영진이 물었다. i2i의 새 앨범은 한국뿐만 아니라 일본에서도 발매된다.

"일본? 아이돌 그룹이 메탈을 하는 곳이야. 더 설명이 필요해?"

"하긴."

손태명도 인정했다. 한국보다 음악적 다양성이 더 자유로운 곳이 사실 일본이었다.

"이번 앨범은 프로듀싱부터 앨범 콘셉트까지 전부 솔이 너한테 맡기마."

현우가 파격적인 결정을 내렸다. 이솔이 눈을 크게 떴다.

"네? 제가요? 저 혼자서요?"

이솔이 겁을 먹었다. 이솔도 걸즈파워 2기가 급부상 중이라는 사실을 잘 알고 있었다. 이번 새 앨범의 중요성을 모를 리가 없었다.

"저는 못해요, 대표님."

이솔이 떨었다. 현우가 이솔의 양어깨를 잡았다.

"엘시 솔로 앨범을 만든 건 솔이 너였어. 곡도 네가 작사, 작곡을 했고, 뮤직비디오도 네 스케치를 보고 만들었어, 솔아."

"하, 하지만 그건 대표님이……."

"난 솔이 네가 구상해 놓은 걸 구체화시켰을 뿐이지. 이번에도 같을 거야. 승석이가 곡을 다듬어줄 거고 은정이가 의상 콘셉트도 잡아줄 거야. 물론 내가 너를 도울 테고."

"……"

"난 솔이 너를 믿는다. 네가 구상해 놓은 i2i 앨범을 한번 실현시켜 봐. 우리가 너를 도와줄 테니까."

이솔이 현우를 올려다보았다. 그리고 김정우와 손태명, 최영진도 차례차례 살펴보았다. 고민 끝에 이솔이 작은 목소리로 대답했다.

"…해볼게요."

"오케이. 어울림 3 대 갓의 위용을 보여주자고. 그리고 왜 갓부기인지를 보여주자."

내성적인 성격 탓에 송지유나 엘시보다 스타성이 떨어진다고 평가받는 이솔이었다. 실제로 어울림 3 대 갓 중에서 인기가 가장 떨어지는 이솔이었다.

하지만 현우는 이솔을 신뢰하고 있었다. 아니, 현우가 보기에 이솔은 천재였다.

'황금빛 재능을 믿어보자, 김현우.'

그리고 스스로에게 굳게 다짐했다.

*　　　　*　　　　*

[어울림 엔터테인먼트 공식 입장 발표]

정상의 아이돌 그룹 i2i의 소속사인 어울림 엔터테인먼트가 홈페이지를 통해 새 앨범 관련 공식 입장을 내놓았다. 다음 달 초 발매 예정이던 새 앨범의 발매를 무기한 늦추겠다는 것이다. 연예계 관계자들은 어울림 엔터테인먼트의 이러한 결정이 최근 돌풍을 일으키고 있는 뉴 걸즈파워를 의식해서 내린 것이라 판단했다. 한국과 일본 동시 활동을 염두에 두고 만들어진 새 앨범이 연기되었다는 어울림 엔터테인먼트의 입장에 대중들이 어떠한 반응을 보일지 관심이 모아지고 있다.

—ㅋㅋㅋㅋ, i2i 못 나오죠?

—뉴 걸즈파워는 솔직히 사기잖아.

—송지유 나와라. 송지유 아니면 이번 걸즈파워는 못 이겨.

—시작부터 걸즈파워 승! 아이돌 그룹은 솔직히 S&H가 원조임!

—이러다 송지유 앨범 내겠지? 어울림은 송지유 아니면 안 돼.

현우와 어울림 식구들의 예측대로 대중들의 반응은 싸늘했다.

[국민 걸 그룹 걸즈파워 열풍!]

[S&H 엔터 주가 회복세! 이장호 회장 기사회생!]

[송지유, 비켜! 뉴 걸즈파워가 나가신다!]

[걸즈파워, 일본 진출에 긍정적 신호!]

[데뷔 2주 만에 걸즈파워 일본 진출 계약하나?]

온통 걸즈파워 2기와 관련된 기사만이 포털 사이트를 장식해 나갔다. 먼저 선을 보인 Xena를 필두로 쌍둥이 자매 Tia와 Sia가 인기의 선봉장에 섰다.

언론을 포함한 대중들은 뉴 걸즈파워의 승리를 거론하고 있었지만, 정작 당사자인 어울림 엔터테인먼트는 공식 입장을 발표한 이후 조용하기만 했다. 공식적으로 활동하는 소속 아티스트들이 없었다.

서유희와 신지혜가 MBS 주말극을 하드 캐리하고 있을 뿐이었다.

그렇게 걸즈파워는 3주 연속 음악 방송 1위를 석권하고 있었다. 음원 차트에서도 3주 째 1위 자리를 내놓지 않고 있었다.

기존 i2i의 팬덤도 슬슬 지쳐가고 있었다. 그리고 뉴 걸즈파워 팬덤으로 옮겨가는 팬들도 생겨났다.

―걸즈파워로 갈아탐. вoнo

―티아한테 입덕!

―나는 시아한테 입덕! ㅋㅋ

―배신자 진짜 많네? 아오!

―갓부기를 버려? 나쁜 놈들!

―ㅂㅂㅂ!

―그냥 가라. 꼭 떠난다, 갈아탄다, 이런 거 남겨야 직성이 풀림? 진짜 성격 이상한 사람들 많네.

―그냥 둬요; 원래 남한테 상처 주면서 자존감 채우는 이상한 인간들 많음;

한편, 플래시즈 엔터테인먼트에서는 긴급회의가 벌어지고 있었다. i2i가 선풍적인 인기를 끌고 국민 걸 그룹으로 우뚝 서면서 플래시즈 엔터테인먼트에서는 소속 연습생인 서아라를 어울림에 위탁한 상태였다.

그런데 상황이 이렇게 돌아가자 플래시즈 쪽에서도 급해졌다. 가수팀의 실장인 이기혁이 급히 호출을 받았다. 대표의 압력에 못 이겨 이기혁 실장이 오랜만에 어울림 본사를 찾았다.

"실장님, 오셨어요?"

지하 연습실에서 서아라가 이기혁 실장을 반겼다. 언론이나 대중들의 반응과 다르게 오랜만에 보는 서아라는 평온해 보였다.

"아라야, 괜찮아? 별일 없었고?"

"네, 잘 지냈어요. 근데 무슨 일이세요? 연락도 없이 오신 적이 없잖아요."

"그게… 정 대표님이……."

서아라가 눈치를 챘다. 그리고 얼굴을 찌푸렸다.

"저는 i2i에 남을 거라고 말씀드렸잖아요, 실장님."

"나도 알지. 근데 요즘 상황이 좀 그렇잖아. 정 대표님이 불안한 모양이야."

"욕심이 나시는 거겠죠. 이번 기회를 통해서 새로 만드는 걸 그룹에 저까지 포함시키려고 하는 거잖아요."

"아니지. 그건 내가 막아주마."

"실장님만 믿을게요."

"그래, 김현우 대표님은?"

이기혁 실장의 물음과 동시에 현우가 지하 연습실에 나타났다.

"이기혁 실장님? 연락도 없이 어쩐 일이십니까?"

"아, 그게 말입니다."

곤란해하는 이기혁 실장을 보며 현우가 픽 웃었다. 대충 상황을 알 것 같았다. 그렇지 않아도 전유지와 양시시의 소속사인 코인 엔터에서도 연락이 왔다. 어제 백동원 팀장이 다녀갔다.

이기혁 실장은 그 나름대로 당황스러웠다. 뉴 걸즈파워가 돌풍을 일으키고 있는 가운데 i2i 멤버나 김현우 대표도 평소와 다를 것이 없어 보였다.

위기 의식이나 긴장감 같은 건 찾아볼 수가 없었다.

"내일 뮤직비디오 공개되고 새 앨범 나올 겁니다."

"예? 벌써요?"

이기혁 실장이 화들짝 놀랐다. 그리고 지금까지 모든 앨범 작업을 비밀리에 진행해 왔다는 사실에 더 놀랐다.

"내내 밤샘 작업 좀 했죠. 그래서 연락을 못 드렸습니다."

"…그러셨군요."

이기혁 실장은 내심 어울림 사람들에게 놀라고 말았다. 소속 아티스트들도 괴물이었지만 어울림 직원들도 일당백 수준이었다.

"안녕하세요, 이기혁 실장님?"

녹음실에서 내려온 이솔이 꾸벅 고개를 숙였다.

"어, 솔이구나. 헉!"

무심코 이솔을 살펴본 이기혁 실장이 입을 크게 벌리며 말을 잇지 못했다.

그야말로 폭풍 전야였다. 그동안 숨을 죽이고 있던 어울림 엔터테인먼트에서 12월 중순이 되어서야 공식 입장을 발표했기 때문이다.

포털 사이트에 어울림 홈페이지에 올라온 그대로 기사가
올라왔다.

[소녀들의 전쟁: Legends Never die]
내일 정오 12시, 소녀들의 전쟁이 시작됩니다. 신비의 대륙 울
림을 무대로 하는 소녀들의 세계를 마음껏 즐기십시오.

짤막한 소개문에 연예계 기자들이 고개를 갸웃했다. 하루
가 지났건만 아직도 무슨 소리를 하는지 파악할 수가 없었다.
"이거 무슨 헛소리야? 소녀들의 전쟁? 신비의 대륙? 이 기
자, 어울림 엔터에 연락해 봤어요?"
"어제도 통화했고 오늘도 통화 끝냈는데요. 근데 전부 그게
다라고……."
후배 기자가 울상이 되어 말끝을 흐렸다. 연예계 기자들도
황당한 마당에 대중들은 더 황당함을 느끼고 있었다.

[i2i, 드디어 컴백! 새 앨범 콘셉트는 오리무중!]
[소녀들의 전쟁? 전설은 죽지 않는다?]
[i2i의 새 앨범 콘셉트 놓고 연예계는 갑론을박!]
[어울림 엔터테인먼트, 이번에는 또 어떤 앨범 내놓나?]
[오늘 정오 12시 i2i 컴백! 걸즈파워와 맞붙어!]

—소녀들의 전쟁이 대체 뭐야? ㅋㅋ

—Legends never die? 신현우도 Rock star never die 아니었나? 뭐야? ㅋㅋ 신현우 나옴? 그런 거임? ㅋㅋ

—신비의 대륙 울림? 게임 발매하나? 뭐지?

—진짜 모르겠다, 이번에는.

—어울림 엔터의 기획력을 믿어봐야죠. ㅋㅋ

—진짜 뚱딴지같은 사람이야; 김태식 대표;

이처럼 대중들도 혼란에 빠져 있었다.

이른 아침부터 크리스틴의 집에 모여 있던 걸즈파워 멤버들도 마찬가지였다. 엘시가 말한 것처럼 걸즈파워 멤버들은 i2i가 잘되기만을 바라고 있었다. 아니, 걸즈파워 2기가 워낙에 인기가 많아서 이제는 거의 자포자기 상태였다.

그래도 혹시나 하는 마음에 i2i에게 마지막 희망을 걸고 있었다. 그런데 새 앨범 콘셉트를 놓고 티저 영상과 뮤직비디오가 공개되기도 전에 논란이 일고 있었다.

황당함이 이번 새 앨범의 콘셉트가 아니냐는 말까지 나돌고 있었다.

"다연이한테 전화해 봐, 유나야."

"네, 언니."

유나가 얼른 엘시에게 전화를 걸었다.

─응, 유나야.

"언니, 어디예요?"

─나 다 왔어. 문 열 준비해.

"네!"

유나가 전화를 끊었다.

"다연 언니 다 왔대요. 문 열어주고 올게요."

유나가 다다다 거실을 달려 현관으로 갔다. 그리고 문을 열었다. 엘시가 마트에서 장을 봐온 상태였다.

와인에 과일이나 치즈 같은 안주들이 보였다. 엘시가 유나와 함께 거실로 들어섰다. 엘시가 사온 와인과 안주를 보며 크리스틴이 한숨을 내쉬었다.

"이 마당에 술?"

"기분 꿀꿀할 때는 술이 최고잖아."

제시가 푸념을 늘어놓듯 말했다. 엘시가 멤버들을 살피며 살짝 웃었다.

"다들 힘내자. 오늘 좋은 일 있을 거니까."

"무슨 좋은 일이요?"

연희가 물었다.

"오늘 우리 직속 후배 i2i 후배들이 새 앨범 내는 날이잖아."

"직속 후배였어요?"

"응, 수정이랑 지연이, 하나, 지수가 우리랑 같은 매니지먼트

1팀 출신이잖아. 그리고 솔이는 나를 가장 많이 닮은 후배이고."

"하여간 이다연 넉살은."

크리스틴이 고개를 저었다. 막내인 유나와 연희가 얼른 와인과 안주를 세팅했다. 엘시가 고개를 돌려 벽시계를 확인했다.

시간은 오전 11시 52분. 티저 영상과 뮤직비디오가 공개되기까지 아직 8분이라는 시간이 남아 있었다.

엘시도 내색은 하지 않고 있었지만 초조했다. 이미 엘시는 어울림 식구들과 함께 새 앨범의 티저 영상과 뮤직비디오를 확인한 상태였다.

만족스러웠다. 하지만 중요한 건 대중의 반응이었다. 모든 건 대중의 반응에 달려 있었다. 걸즈파워 1기 멤버들에겐 작은 희망이기도 했다.

"마셔. 좀 취하고 싶어."

크리스틴이 차례로 와인을 따라주었다. 오랜만에 모인 7명의 멤버가 잔을 부딪쳤다. 그리고 와인을 한 모금 마셨다.

엘시와 걸즈파워 멤버들은 최후의 만찬을 즐기듯 말없이 와인을 홀짝였다. 그리고 시간은 어느새 12시 정각이 되었다.

"유나야, 켜봐."

"네!"

엘시의 말에 유나가 얼른 노트북으로 어울림 홈페이지에 들어갔다. 벌써 티저 영상이 올라와 있었다.

"누, 누를게요!"

유나가 떨리는 손으로 티저 영상을 클릭했다.

*   *   *

어둠으로 물든 거대한 터널에서 또각또각 발자국 소리가 들려오기 시작했다. 점차 발자국 소리가 가까워지며 검은색 후드 집업을 머리까지 눌러쓴 작은 소녀가 나타났다.

발목까지 올라오는 검은색 워커부터 시작해 점차 소녀의 분홍색 교복 치마가 비춰졌다. 그리고 시선은 더 올라가 후드에 가려진 소녀의 얼굴을 잡았다.

이솔이었다. 창백한 얼굴의 이솔이 조용히 후드를 벗었다. 기다란 머리카락이 사방으로 흩어졌다. 이솔이 고개를 들어 벽을 응시하자 순간 벽에 붙어 있던 횃불이 켜졌다. 거대한 벽에는 정체를 알 수 없는 고대 마법 문자들이 빽빽하게 새겨져 있었다.

이솔이 아련한 표정을 지었다. 그리고 창백한 손으로 벽면을 어루만졌다. 순간 이솔의 눈동자가 분홍색 빛을 발하며 그 위에 기이한 도형들이 그려졌다. 분홍색 빛이 어둠으로 물든 동굴을 집어삼키며 티저가 끝이 났다.

"……"

"……"

티저 영상을 확인한 걸즈파워 멤버들이 멍한 얼굴을 했다. 마치 한 편의 영화 오프닝을 본 것 같았다.

대중들의 반응도 별반 다르지 않았다.

―영화였어, 방금? 영화?

―뭐지? 뭐지? 마법이 나오는 것 같은데?

―와, 퀄리티는 진짜 장난 아닌데?

―뮤비 떴음!

―미친. ㅋㅋ 아키라 스튜디오에서 찍었다는데?

―아키라 스튜디오? ㅋㅋㅋㅋ

―진짜임? ㅋㅋ

그사이 뮤직비디오가 떴다. 무려 7분짜리 뮤직비디오였다. 유나도 얼른 뮤직비디오를 재생시켰다.

우주와 함께 지구의 모습이 보였다. 그리고 지구를 향해 시커멓게 불타고 있는 행성 하나가 떨어지고 있었다.

쾅!

지구와 충돌한 행성이 산산이 부서지며 대륙 전역으로 행성 조각이 튕겨져 나갔다. 불타고 있는 도시와 울부짖고 있는 아이들의 모습이 보였다. 그리고 지구 곳곳에 자리 잡은 행성 조각에서 정체를 알 수 없는 괴수들이 등장하기 시작했다.

　—괴수다! ㅋㅋㅋ

　—와, 이거 뭔데? 재밌는데?

　—뮤비 맞아요? SF 영화 아냐?

　행성 조각이 탄생시킨 괴수들이 도시를 파괴하고 사람들을 도륙하기 시작했다. 아시아와 유럽, 북미 등 여러 도시가 불타기 시작했다. UN과 각 나라들이 저항을 시도했지만 괴수들에게 속수무책으로 당할 뿐이었다.

　"수정아, 도망가! 엄마는 괜찮아!"

　"어, 엄마!"

　괴수들에게 끌려가는 가족을 보며 교복 차림의 소녀가 무너진 집터에서 절규하고 있었다. 아비규환이었다. 곳곳에서 사람들이 죽어가고 있었다.

　18살에 불과한 연약한 소녀가 할 수 있는 건 없었다. 그저 두 눈을 감고 죽음을 기다릴 뿐이었다.

　—i2i 대장 등장!

―김수정, 연기 잘하는데?

―진짜 같다; 괴수들 뭐야?

그때였다. i2i 멤버들이 각자 살고 있는 나라와 다양한 장소
가 비춰졌다. 한국의 김수정, 유지연, 배하나, 이지수, 전유지,
김세희를 비롯해 일본의 이솔과 베트남의 하잉, 그리고 중국
의 양시시 등 다양한 곳에서 평범하게 살아가고 있던 소녀들
을 향해 하늘에서 다양한 색깔의 섬광이 떨어졌다.

파란색 섬광이 김수정을 휘감았다. 그 순간 김수정의 눈동
자가 파란빛으로 변하며 기이한 도형이 떠올랐다. 섬광에 휩
싸인 다른 i2i 멤버들의 모습이 분할되어 화면에 잡혔다.

그리고 그 순간 화면이 애니메이션으로 전환되며 잔잔한 피
아노 전주가 흘러나오기 시작했다.

1년 후라는 문구와 함께 폐허로 물든 황폐한 도시가 나타
났다. 도시엔 여전히 수많은 괴수들이 진격해 오고 있었다. 그
리고 황량한 대지 위에 검은색 후드 집업 차림의 소녀들이 일
렬로 늘어서 있었다.

피아노 연주가 끝나며 강렬한 전자 사운드가 울려 퍼졌다.
그리고 그와 동시에 소녀들이 다양한 빛을 발했다.

―뭘까?

—헐! 마법 소녀다!

—마법 소녀? ㄷㄷㄷ

—변신? 인류를 지키기 위해 싸우는 마법 소녀들이란 건가?

—콘셉트 미쳤는데요?

—진짜 이건 생각도 못 했다! ㅋㅋㅋㅋㅋ

—김발놈 진짜! ㅋㅋ

교복을 모티브로 한 전투 의상 차림의 i2i 멤버들이 괴수들을 향해 뛰어들었다. 강력한 일렉트로니카 사운드를 배경으로 i2i 멤버들을 쏙 빼닮은 마법 소녀들이 대활약을 펼치기 시작했다.

—티저에 나온 갓부기다!

—이솔 등장!

기다란 마법 창을 허공에 던진 이솔이 주문을 외우자 마법 창이 사방으로 회전을 시작하며 분홍색 뇌전을 쏟아내었다. 분홍색 뇌전이 괴수들을 불태웠다.

그 순간 다른 괴수의 날카로운 발톱이 이솔을 집어삼키려 했다. 이솔이 눈을 크게 뜨는 순간 빨간색 원형 우산이 발톱을 막아내었다.

빨간색 양 갈래 머리를 휘날리며 나타난 캐릭터는 배하나였다. 그리고 그 뒤로 초록색 낫이 등장해 괴물의 앞발을 베어 버렸다. 포니테일 머리가 특징인 이지수 캐릭터였다.

회색 리본에 휩싸인 유지연이 나타나 괴물의 몸통을 휘감았다. 그리고 i2i의 리더인 김수정이 파란색 섬광이 되어 괴수의 몸통을 관통했다.

―퀄리티 수준이; 아키라 스튜디오에서 제작한 거. ㅇㅈ

―눈을 못 떼겠음. ㅋㅋㅋ

―근데 노래 진짜 좋다. 가사도 좋고.

―탈아이돌 클라스; 미친. ㅋㅋㅋ

i2i 마법 소녀들이 인류의 마지막 안전 구역 쉘터를 지키기 위해 안간힘을 쓰고 있었다.

화려한 연출과 강력한 전자 사운드에 대중들은 물론 걸즈 파워 멤버들도 눈을 떼지 못하고 있었다.

하지만 괴수들의 숫자가 너무 많았다. 마법 소녀들이 점점 지쳐가고 있었다. 그리고 어느 순간 괴수들이 홍해처럼 갈라졌다.

검은색 망토를 휘두르며 중년의 마왕이 나타난 것이다. 마법 소녀들이 서로를 보며 얼굴을 굳혔다.

—보스 등장했다;

—안 돼! 누가 마법 소녀들을 지켜줘!

—지지 마라, i2i!

마법 소녀들이 손을 모으고 전의를 다졌다. 그리고 일제히 마왕을 향해 날아들었다. 각양각색의 섬광이 마왕을 공격했지만 마왕은 꿈쩍도 하지 않았다. 강력한 방어막에 허무하게 마법 소녀들의 공격이 튕겨져 나갔다.

그리고 마왕의 반격이 시작되었다. 마왕이 검은색 지팡이를 들고 주문을 외우자 황량한 대지 위로 짙은 어둠이 내려앉았다. 마법 소녀들이 저마다 발하고 있던 빛이 잦아들기 시작했다.

약해질 대로 약해진 마법 소녀들이 점점 밀리고 있었다. 가장 강력한 딜러인 이솔을 지키기 위해 능력을 발휘하다 배하나가 바닥으로 곤두박질쳤다. 빨간색 원형 우산이 산산조각 나버렸다.

보라색 수정구가 빛나며 전유지가 서둘러 배하나를 치유하려 했지만 역부족이었다. 그때 리더인 김수정이 무언가 결심한 얼굴을 했다. 그리고 다른 멤버들과 눈빛을 교환했다.

이솔의 분홍색 눈동자가 흔들렸다.

유지연이 자신의 신물인 회색 리본으로 이솔의 몸을 둘둘 감았다. 이솔이 몸부림을 쳤지만 소용이 없었다. 그리고 그런 이솔을 김수정이 꼭 껴안고 허공으로 떠올랐다.

마지막으로 김수정과 이솔이 멤버들을 눈에 담았다. 이솔이 주르륵 눈물을 흘렸다. 그리고 그사이 노란색 빛이 빛나며 서아라가 자신의 머리핀을 높이 들었다.

이솔의 눈동자가 커졌다.

"안녕."

서아라가 마지막 말을 남기고 괴수들에게로 뛰어들어 자폭했다.

쾅! 쾅!

괴수들이 사방으로 찢겨 나갔다. 공간이 생기자 김수정의 몸이 파란 섬광으로 물들었다. 파란색 유성이 된 김수정이 이솔을 껴안은 채 괴수들을 돌파했다.

그리고 그 뒤를 다른 마법 소녀들이 필사적으로 막기 시작했다. 이솔을 지키기 위해 마법 소녀들이 최후의 항전을 거듭하다 하나둘 허공에서 떨어졌다.

—애니메이션인데 왜 슬프지?

—아, 서아라 죽었다. ㅠㅠ

—다 죽는다. 아씨;

"언니, 이거 뮤직비디오 맞아요?"

감수성이 풍부한 유나가 눈물을 머금은 채로 엘시에게 물었다. 마법 소녀는 어린 소녀들이나 좋아할 만한 소재였지만, 아키라 스튜디오에서 만든 i2i의 뮤직비디오는 그 퀄리티가 장난이 아니었다.

그리고 신곡의 피아노 연주까지 합쳐져 서글픈 감정을 느끼게 했다. 그사이 뮤직비디오가 처음 이솔이 등장한 티저 영상속 장면으로 전환되었다.

동굴의 끝에 도착한 이솔이 검은색 후드를 내리고 벽면을 어루만졌다. 이솔의 손과 눈동자가 분홍색 빛을 발했다. 그리고 동굴 벽에 새겨진 고대 마법 문자들도 빛을 발하기 시작했다.

이솔이 작정한 듯 마법의 힘을 모두 발휘했다. 결국 모든 생명을 소진한 이솔이 바닥으로 무너졌다.

―이솔도 죽어?
―마법 소녀 전멸?
―sad 엔딩이었어?

그사이 노래는 절정으로 치닫고 있었다. 그리고 그 순간 동굴에 일곱 가지 빛기둥이 쏟아졌다.

그리고 무언가가 형체를 갖추기 시작했다. 새로운 마법 소
녀들이었다. 그리고 조용히 뮤직비디오를 지켜보고 있던 걸즈
파워 멤버들이 눈을 크게 떴다.

가장 먼저 모습을 드러낸 마법 소녀는 짧은 단발에 금발을
하고 있었다. 두 눈 가득한 스모키 화장까지. 엘시였다. 그리
고 엘시의 옆으로 걸즈파워 1기 멤버들을 꼭 빼닮은 마법 소
녀들이 하나둘 등장하기 시작했다.

뮤직비디오를 보고 있던 대중들도 난리가 났다.

─엘시? 엘시?!
─엘시다. 그 옆에 유나랑 크리스틴, 제시.
─나나랑 연희도 있어.

이솔이 소환한 마법 소녀들은 걸즈파워 1기 멤버들이었다.
청치마에 분홍색 크롭 티를 기본으로 한 마법 소녀 의상이 이
를 증명하고 있었다.

─i2i 뮤비에 걸즈파워 1기가 왜 나오는 거지?
─뭐야? 무슨 의미지?
─일단 봅시다.

엘시가 쓰러져 있는 이솔을 내려다보았다. 그리고 손을 뻗자 진한 분홍색 기운이 이솔을 일으켜 세웠다.

엘시가 이솔을 향해 고개를 끄덕여 보였다. 그리고 이솔과 함께 걸즈파워 멤버들이 허공을 날아 동굴을 벗어났다.

그리고 그 순간 화면이 바뀌며 죽거나 쓰러진 i2i 마법 소녀들이 하나둘 섬광과 함께 지구로 소환되기 시작했다.

이뿐만이 아니었다. 세계 곳곳에서 다양한 마법 소녀들이 등장하기 시작했다. 부활한 i2i 마법 소녀들을 중심으로 수많은 마법 소녀들이 동굴로 모여들었다.

점점 그 숫자가 늘어나고 있는 모습이 하나의 장관을 연출했다.

─마법 소녀 대거 출연!

─걸즈파워 멤버들이 부활하면서 다른 마법 소녀들도 부활한 거 같음.

─잠깐, 저거 캔디밀크 의상 아님?

─진짜네?

─그러고 보니까 역대 걸 그룹들 아님? 저건 샤이라고! 저건 뷰티다!

─누가 분석 좀;

―와, 미친; 마법 소녀를 걸 그룹 멤버들로 비유한 거야. 걸즈파워 1기 멤버들이 걸 그룹 열풍의 시초니까 전설적인 마법 소녀들로 표현한 거고.

―이솔이 엘시를 깨웠다. 그리고 엘시가 걸즈파워 멤버들을 깨움. 의미심장하지 않아요? 이거 단순히 뮤직비디오가 아니야. 메시지가 있다니까.

―그럼 괴수랑 마왕은 S&H임?

―그럴 수도? 아니다. 고소당할 수도 있으니까 조심해야지.

―김태식, 미친 새끼다, 진짜; 작정하고 뮤직비디오 제작했네. 일부러 마법 소녀 애니메이션으로 만들어서 우회적으로 S&H 깐 거야;

―소름 돋아! ㅋㅋㅋㅋ

그사이 걸즈파워 1기 멤버들이 i2i 마법 소녀들과 다른 마법 소녀들이 괴수를 몰아내기 시작했다.

마왕도 속수무책이었다. 엘시를 중심으로 한 걸즈파워 1기 멤버들은 강력했다. 선봉에 서서 다른 마법 소녀들을 독려했다.

걸즈파워 1기 멤버들이 허공에서 손을 하나로 모았다. 그리고 힘을 모았다. 오색 빛깔이 하늘을 휘감았다.

—S&H는 반성 좀 해라. 다른 기획사에서 걸즈파워 1기 멤버들 리스펙하고 있잖아.

—너희들부터 반성해. 걸즈파워 1기 퇴물이라고 난리치던 것들이.

—ㅇㅈ 진짜 태세 전환 오지고? i2i도 퇴물이라며? ㅋㅋ

그리고 걸즈파워 1기 멤버들이 모은 힘이 마왕의 거대한 몸체를 휘감았다. i2i 멤버들을 비롯한 다른 마법 소녀들이 일제히 총공격을 했다.

결국 마왕이 견디지 못하고 사방으로 폭발하며 무너졌다. 지구를 휘감고 있던 검은색 기운이 안개처럼 스르르 걷혔다.

그리고 마법 소녀들을 휘감고 있던 마법의 힘도 하나둘 사라져 갔다.

화면이 평온함으로 물든 하늘로 솟으며 뮤직비디오가 끝이 났다. 엔딩 자막이 하나둘 올라왔다.

작사, 작곡, 편곡에 이솔의 작곡 네임 ggobuki가 올라왔다. 걸즈파워 멤버들이 깜짝 놀랐다. 워낙 곡이 세련되고 뛰어나 외국 유명 작곡가의 곡인 줄 알았다.

놀라기는 대중들도 마찬가지였다.

—이솔이 만든 곡이었어? ㄷㄷ

—천재 소녀. ㅋㅋㅋ

—이솔 혼자서 이 정도 노래를 만든다고? 이놈의 뮤직비디오는
끝까지 사람 놀라게 하네. ㅋㅋㅋ

—블루마운틴이나 오승석이 만든 곡인 줄. ㅋㅋ

—17살짜리가 일렉트로니카 곡을 작곡. ㅋㅋㅋ

—티아인지 시아인지 나와라. ㅋㅋㅋㅋ

—이솔 당신은 대체;

—갓부기! 최고 존엄!

그리고 뮤직비디오 스토리에 엘시의 이름이 올라왔다.

—엘시가 스토리 작가? ㅋㅋㅋ

—뭐냐, 진짜;

—엘시가 스토리 짠 거였어?

—개소름! ㅋㅋㅋ

대중들은 놀랐지만 걸즈파워 멤버들은 놀라지 않았다. 어
린 나이부터 같이 고된 연습을 한 멤버들이었다. 엘시가 어릴
적 노트에 장난삼아 그리곤 하던 만화라는 것을 멤버들이 모
를 리가 없었다.

아니, 처음부터 멤버들은 이미 눈치채고 있었다.

"내 작은 선물이야. 마음에 들어? 유치해? 설마 유치하지는 않지? 우리 추억이 담긴 것들이잖아."

엘시가 어색하게 웃으며 멤버들에게 말했다. 유나가 훌쩍 눈물을 훔치며 엘시의 품으로 안겼다. 그리고 걸즈파워의 팬덤들도 이 사실을 알고 있었다. 엘시가 걸즈파워로 활동할 때 SNS에 가끔 마법 소녀들로 분한 자신과 멤버들의 그림을 올려주었기 때문이다.

'항상 팬 여러분을 지켜줄게요!'

걸즈파워 활동 때 엘시가 SNS에 자주 남긴 글귀가 뮤직비디오 끝자락에 걸렸다. 그리고 베일에 싸여 있던 신곡의 제목이 떠올랐다.

'Legends never die'

애니메이션으로 만들어진 뮤직비디오를 통해 어울림 엔터테인먼트가 대중들에게 작은 메시지를 던지고 있었다.

[i2i, 일렉트로니카 신곡 신드롬!]
[고품격 일렉트로니카 장르로 컴백한 국민 그룹 i2i!]

[i2i, 뮤직비디오 최단 기간 WE TUBE 조회 수 100만 돌파!]

[천재 소녀 이솔, 또 일냈다!]

[일본 최대 애니 제작사 아키라 스튜디오와 손잡은 어울림 엔터테인먼트!]

[전설은 죽지 않는다! 소녀들의 전쟁 개막!]

i2i의 신곡 'Legends never die'는 뮤직비디오 공개와 동시에 조회 숫자가 폭주했다.

2시간 후 음원 차트에 음원을 공개했는데 공개와 동시에 걸즈파워 2기의 신곡 'Dreaming'을 제치고 1위 자리를 차지했다.

기존 걸 그룹이 선보인 곡과 차원을 달리하는 일렉트로니카 장르에 대중들이 빠져들었다. 국내에도 드디어 이 정도 수준의 곡이 나왔다며 호평도 줄을 이었다.

―탈아시아 레벨. ㅋㅋㅋ

―진짜 이솔은 한국 가요계의 보물이다.

―WE TUBE에서도 난리 났어요! ㅋㅋㅋ 외국인들 댓글도 엄청 달리고 있음.

―뮤직비디오 보고 외국인들 열광 중. ㅋㅋㅋㅋㅋㅋ

─마법 소녀 콘셉트 진짜 좋다. ㅋㅋ

그리고 칼럼 하나가 대중들의 시선을 잡아끌었다. 유명 문화 평론가이면서 어울림의 팬이라고 알려진 곽일산 씨의 칼럼이었다.

[원조 아이돌 걸즈파워 1기를 향한 i2i의 존중과 존경]
　나는 문화 평론가이다. 중립을 지켜야 하는 위치에 있는 존재이다. 하지만 나는 오늘부터 '울림이'임을 공식적으로 천명한다. 걸즈파워 2기가 새롭게 데뷔하면서 모든 관심은 새로운 2기 멤버에게로 쏠려 있었다. 연예계가 늘 그렇듯 대중들은 새로운 걸즈파워 2기에 열광했다. 나 역시 그러했다. 하지만 i2i가 일렉트로니카라는 다소 낯선 장르로 컴백하면서 우리에게 화두를 던졌다. i2i는 뮤직비디오를 통해 걸 그룹 열풍을 불러온 걸즈파워 1기 멤버들을, 그리고 그동안 잊혀 있던 많은 선배 걸 그룹들을 '예우'했다. 뮤직비디오 말미에 등장한 수많은 마법 소녀들이 이를 증명한다. 연예인이 철저한 '상품'으로 소비되는 이 연예계에서 i2i는 우리에게 어릴 적 추억이 담긴 손때 묻은 애장품을 다시금 되돌아보게 했다.

　─캔디밀크 멤버들이 마법 소녀로 나왔는데 어릴 적 생각이 났어. 친구들이랑 돈 모아서 콘서트도 갔었는데. ㅎㅎ

—마법 소녀로 흘러간 걸 그룹들 등장시킬 줄은 꿈에도 몰랐다! 진심 박수를 보낸다!

　—샤이라 팬분들 있음? 캔디밀크랑 같이 인기 장난 아니있는데. ㅋㅋ

　—걸즈파워 1기 멤버들도 잘되었으면 좋겠다! ㅎㅎ

　—1기 멤버들 파이팅! 그렇다고 2기 멤버들 욕은 하지 맙시다!

　—ㅇㅇ 2기 멤버들이 무슨 죄야; 돈 벌어먹는 어른들이 문제지;

　칼럼 아래 무수히 많은 댓글이 달리고 있었다. i2i의 뮤직비디오에 나온 마법 소녀들을 보며 사람들은 예전에 좋아하던 걸 그룹을 떠올리고 있었다.

　그리고 왕년의 인기 걸 그룹 캔디밀크의 센터이던 배우 채소진이 본인의 SNS에 i2i의 뮤직비디오 링크를 공유했다는 사실이 알려지면서 대중들의 이목이 더욱 쏠리기 시작했다.

　뮤직비디오가 던진 메시지 덕분에 i2i와 걸즈파워 2기 간의 경쟁 구도로 뜨겁게 불타고 있던 여론도 잦아들었다. i2i 팬덤과 걸즈파워 2기의 팬덤은 물론이고 다양한 팬들 간에 'We Are The World'라는 의식이 퍼지고 있었다.

　상당히 이례적인 일이었다.

*　　　*　　　*

"와아아!"

MBS 공개홀이 i2i의 팬들로 가득 들어차 있었다. 그리고 환호성 가운데 i2i 멤버들을 태운 스프린터가 스르르 들어섰다.

"갓부기! 갓부기!"

i2i의 팬들이 가장 먼저 이솔의 이름을 연호했다. 이번 앨범의 메인 프로듀서가 이솔임이 밝혀지면서 대중들은 열광하고 있었고, i2i 팬들은 덩달아 어깨가 으쓱한 상태였다.

"솔이가 먼저 내려야겠다."

최영진이 운전석에서 밖을 내다보며 말했다. 최영진 역시 자신감이 넘쳤다. i2i 멤버들도 마찬가지였다. 예상보다 더 새 앨범은 대박을 치고 있었다. 리더인 김수정도 그랬고 다른 멤버들도 이솔을 자랑스러운 눈빛으로 쳐다보고 있었다.

"잠깐만!"

이지수가 얼른 배하나의 손을 잡았다. 그리고 먼저 차량에서 내렸다. 사복 차림의 이지수와 배하나가 등장하자 i2i 팬들이 이번에는 둘의 이름을 연호했다.

"영진 오빠! 확성기!"

이지수가 차 안으로 고개를 들이밀며 최영진을 찾았다. 운전석 문이 열리고 최영진이 등장했다. i2i의 첫 음악 방송 복귀에 맞춰 최영진도 말끔하게 슈트 차림을 하고 있었다.

"어울림 F4 최 팀장님이다!"

"팀장님! 멋있어요! 존잘!"

"훈훈하다, 훈훈해!"

팬들의 짓궂은 장난에 최영진이 얼굴을 붉혔다.

"영진 오빠도 한마디 해요. 응?"

배하나가 최영진의 팔을 잡아끌었다.

"나도?"

"뭘 부끄러워해요? F4라는데."

"그, 그런가? 그럼 인사나 할까?"

최영진이 하얀색 확성기를 들었다. 현우가 송지유와 음악 방송을 다니면서 확성기를 사용했고, 그 후부터 확성기는 어울림 엔터테인먼트의 소통 도구로 사용되고 있었다.

"음, 음, 어울림 엔터테인먼트 최영진 팀장입니다. i2i 팬 여러분, 그리고 울림이 여러분, 잘 지냈습니까?"

"네!"

팬들이 입을 모아 화답했다. 걸즈파워 2기가 돌풍을 일으킬 때만 해도 이러한 반응을 예상하지 못했다. 그런데 자세히 살펴보니 공개홀을 찾은 팬의 숫자가 더 늘어나 있었다.

다른 아이돌의 팬들도 i2i를 함께 응원하고 있었다. 쉽게 볼 수 없는 광경에 최영진이 감동을 받은 얼굴을 했다.

"여러분도 알다시피 저는 지금은 문을 닫은 디온 뮤직 소속의 말단 매니저였습니다. 그리고 지금은 우리 어울림에서 팀장을 맡고 있고 i2i 친구들을 맡고 있죠."

i2i 팬들은 물론이고 어지간한 사람이라면 최영진의 비하인드 스토리를 다 알고 있었다. 토요일 저녁마다 무모한 형제들 특집 '무모한 기획사'가 방송되고 있었기 때문이다.

현우도 현우였지만 최영진도 소형 기획사 출신 로드 매니저에서 4대 기획사의 팀장까지 올라온 입지전적인 인물로 평가받고 있었다.

"그래서 그런지 감회가 남다르네요. 제가 어울림 F4가 될 줄은 꿈에도 몰랐습니다. 이러다가 다 같이 광고라도 찍는 건 아닌지 모르겠는데요."

최영진의 농담에 팬들이 웃음을 터뜨렸다.

"정장 광고 좋다!"

"정장 광고 찍으세요, 팀장님!"

팬들이 광고까지 추천해 주고 있었다. 최영진이 크게 웃었다.

"인터넷 게시판이나 커뮤니티에 글 많이 올려주세요. 그러면 혹시 압니까? 진짜 광고 들어올지? 자, 제 이야기는 여기까지 하죠. 여러분, 우리 i2i 친구들 많이 기다리셨습니다. 그리고 저희가 돌아왔습니다. 이번 앨범의 일등 공신이 누구입니까?"

최영진이 팬들에게 물었다.

"김발놈이요!"

"김태식!"

"현우 형님이요? 엄밀히 따지면 맞는 말입니다. 이번 앨범을 다시 기획하자고 한 건 현우 형님이었거든요. 하지만 진짜 주인공은 따로 있죠."

"이솔!"

"갓부기!"

정답이 나왔다. 최영진이 고개를 끄덕였다.

"맞습니다. 그럼 우리 솔이를 불러볼까요?"

최영진이 확성기를 팬들에게 내밀었다. 팬들이 이솔의 이름을 연호했다. 최영진이 이지수와 배하나를 향해 고개를 끄덕여 보였다.

장난스러운 미소와 함께 이지수와 배하나가 스프린터 안으로 들어갔다. 그리고 롱 패딩을 머리까지 눌러쓴 이솔이 모습을 드러내었다.

"와아아!"

엄청난 환호성이 터져 나왔다. 눈, 코, 입만 내민 채 이솔이 팬들을 향해 손을 흔들어주었다.

"한마디 해."

최영진이 확성기를 건넸다. 이솔이 확성기를 들자마자 팬들이 웃음을 터뜨렸다. 패딩 후드에 얼굴이 가려 있어 이솔이 확성기를 이마로 가져다 대었기 때문이다.

"솔이가 두성으로 말하겠다는데요? 신현우 삼촌인 줄?"

이지수가 그걸 놓치지 않고 드립을 쳤다. 배하나가 확성기를 이솔의 이마에 고정했다. 팬들이 배꼽을 잡았다.

이마에 확성기를 가져다 댄 채로 이솔이 입을 열었다.

"아, 안녕하세요! 이솔입니다! 오랜만에 팬 여러분을 직접 보게 되어서 기뻐요! 잘 지내셨죠?"

"네!"

"갓부기 사랑한다!"

남자 팬들이 사랑 고백을 해왔다. 부끄러움에 이솔의 코가 빨개졌다.

"저, 저도 사랑해요."

이솔의 고백에 추운 날씨에 얼어 있던 팬들의 몸도 마음도 녹아내렸다.

"얼굴 좀 보여줘! 갓부기!"

"지수좌도 얼굴 보여주세요!"

팬들이 얼굴을 보여 달라고 소리쳤다. 그러고 보니 이솔도 그랬고 이지수와 배하나도 롱 패딩을 뒤집어쓰고 이목구비만 내놓고 있었다.

"컴백 무대 때문에 준비한 게 있거든요. 조금만 참아주시면 좋을 것 같습니다."

최영진이 팬들을 달랬다.

뒤이어 김수정과 유지연을 비롯해 다른 멤버들도 하나둘 모습을 드러내었고, 공개홀 부근이 떠나갈 듯 함성으로 물들었다.

"인사부터 하자."

최영진의 말에 i2i 멤버들이 일렬로 늘어섰다. 그리고 외쳤다.

"소녀들의 꿈은 무대 위에! 안녕하세요! 여러분의 i2i가 돌아왔습니다!"

*   *   *

이번 주 MBS 음악캠프는 그 어떤 때보다도 큰 관심을 불러일으키고 있었다. 3주째 1위 자리를 지키고 있는 걸즈파워 2기와 컴백을 한 i2i가 처음으로 같은 무대에 서는 날이었기 때문이다.

공개홀 복도나 대기실에 긴장감이 어려 있었다. 분주하게 돌아다니고 있는 스태프들도 긴장감을 숨기지 못했다. 그리고 걸즈파워 2기의 대기실은 그 어느 곳보다도 긴장을 머금고 있었다. 특히 한 차례 엘시와 솔로 앨범 대결을 펼친 Xena는 표정이 더 좋지 못했다.

"괜찮아?"

쌍둥이 센터 중 한 명인 언니 Tia가 조심스레 물었다. Tia 옆에 서 있는 쌍둥이 동생 Sia도 걱정 어린 시선을 보내고 있었다. 다른 멤버들도 마찬가지였다. 성공적인 데뷔를 했음에도 활동 내내 리더인 Xena는 별로 웃지 못했다. 제나가 한숨을 삼키며 애써 고개를 끄덕여 보았다.

"어디 아파? 매니저님들한테 두통약 달라고 할까?"

"아니야. 소용없을 거야."

심적으로 불안했다. i2i가 컴백해서 불안한 게 아니었다. 대선배인 엘시를 만났고, 엘시로부터 들은 독설이 아직도 머릿속에 생생했다.

'언니가 조언 하나 해줄게. 다 가진 것 같지? 아니야. S&H랑 계약한 이상 넌 돈 버는 기계 그 이상도 그 이하도 아니야. 회사를 믿지 마. 믿을 건 너뿐이야. 이제 시작이니까 멘탈 잘 챙겨. 네가 나처럼 잘 견디길 바랄게.'

그때 느낀 충격이 아직까지도 남아 있었다. Xena가 멤버들을 살펴보았다. 말은 안 하고 있었지만 2기 멤버들도 i2i의 뮤직비디오를 봤다. 그리고 포털 사이트에 올라온 수많은 기사도 읽어봤다.

데뷔와 성공의 기쁨에 미처 몰랐던 걸즈파워 1기 선배들에

대한 죄책감이 걸즈파워 2기 멤버들을 이미 잠식한 상태였다.

그때였다. 갑자기 대기실 밖이 소란스러워졌다. S&H 쪽 매니저들이 대기실 문을 열고 들어왔다.

"누구 온 거예요, 매니저님?"

Xena가 물었다.

"i2i야. 오늘 컴백 첫 방송이잖아. 드디어 왔네, i2i."

매니저들이 긴장했다. 걸즈파워 2기 멤버들도 덩달아 긴장했다. 이장호 회장은 멤버들에게 i2i를 꼭 이겨야 한다며 귀에 못이 박힐 정도로 신신당부했다.

"인사는 하러 가야지. 가자."

"이석우 실장님은요?"

불안한 마음에 Xena가 물었다. 매니저들이 고개를 저었다.

"병가 내셨어. 당분간 회사에 출근하지 않으실 거다."

매니저 한 명이 앞장섰다. 그리고 걸즈파워 2기 멤버들도 자리에서 일어났다.

*　　　　*　　　　*

똑똑.

대기실 문을 두드리는 소리에 최영진이 고개를 돌렸다.

"누구지?"

"제가 살짝 보고 올게요."

함께 따라온 김은정이 대기실 문을 살짝 열어보았다. 그리고 조금 놀란 표정을 했다.

"S&H 매니저님인데요?"

이윽고 김은정이 문을 열었다. S&H 쪽 매니저들이 먼저 고개를 숙여 보였다. 최영진도 얼른 고개를 숙였다.

"팀장 최영진입니다. 어쩐 일로? 아, 인사하러 오셨구나? 잘 오셨습니다."

최영진이 빙그레 웃으며 S&H의 매니저들을 반겨주었다.

"안녕하세요, 매니저님들!"

산만하게 떠들고 있던 i2i 멤버들도 꾸벅 인사를 해왔다. 예상 밖의 환대에 S&H 쪽 매니저들이 오히려 당황스러울 정도였다.

"저, 저희 아이들입니다."

매니저들이 문에서 살짝 비켜주었다. 청색 스키니 진에 분홍색 크롭 티 무대의상을 입은 걸즈파워 2기 멤버들이 대기실 안으로 들어왔다.

"와아! 왜 이렇게 예쁘지, 다들?"

i2i의 리더인 김수정이 자기도 모르게 감탄을 했다. 걸즈파워 2기 멤버들이 느닷없는 칭찬에 깜짝 놀라고 말았다.

덕분에 어색하고 불편해하던 걸즈파워 2기 멤버들이 긴장을 풀었다. Xena가 멤버들에게 눈짓을 보냈다.

"소녀들의 힘! 걸즈파워입니다! 안녕하세요, 선배님들?"

아이돌 특유의 인사에 i2i 멤버들도 질세라 일렬로 늘어섰다.

"소녀들의 꿈은 무대 위에! i2i입니다! 반갑습니다, 후배님들!"

"근데 후배님들 맞아? 걸즈파워는 우리보다 데뷔가 빠른데?"

배하나가 엉뚱한 질문을 했다. 다들 눈만 멀뚱멀뚱 뜨고 있었다. 이지수가 얼굴을 찌푸렸다.

"조용히 해, 배하나. 바보인 거 티내지 말고."

"나 바보 아니야!"

"원래 진짜 바보한테 바보라고 하는 거 아니야."

유지연이 말을 보탰다.

"바보 아니라니까!"

"알았어. 유지야, 배하나 먹을 거라도 주고 진정 좀 시켜봐."

"네, 지연 언니!"

갑작스러운 상황에 다른 i2i 멤버들과 최영진이 픽 웃음을 터뜨렸다. 걸즈파워 2기 멤버인 Tia와 Sia 자매도 킥킥 웃어댔다. 긴장하고 있던 진이나 옐로우, 크림, 하이도 얼굴 가득 미소를 머금었다.

"이솔 선배님, 사인해 줄 수 있으세요?"

센터인 Tia가 조심스레 물었다. 조용히 있던 이솔이 황급히 고개를 끄덕였다.

"해, 해드릴게요!"

"시아야! 이리 와! 사진부터 찍자!"

언니인 Tia가 동생 Sia의 손을 잡아끌었다. 셋을 기점으로 같은 또래여서 그런지 i2i 멤버들과 걸즈파워 2기 멤버들이 자연스레 뒤섞였다.

상황이 이렇게 되니 어색한 건 어른들이었다. 특히 S&H 쪽 매니저들이 어쩔 줄을 몰라 했다.

"커피라도 한 잔 하시죠."

결국 최영진이 먼저 말을 꺼내야 했다. 그리고 걸즈파워 멤버 중 유일하게 Xena만이 어울리지 못하고 혼자 대기실에 우두커니 서 있었다.

그때였다. 별안간 대기실 밖이 소란스러워졌다. 다른 걸 그룹 멤버들의 목소리와 함께 비명 소리도 들려왔다. 대기실 문이 열리고 등장한 인물의 정체에 Xena가 주춤 뒤로 물러섰다.

"대표님~ 대표님~ 저 기억하세요?"

"저는요? 저는요?"

무대의상 차림의 걸 그룹 멤버들이 현우에게 달라붙어 묻고 있었다. 초롱초롱 눈동자를 빛내며 한껏 기대하고 있는 표정을 보니 현우는 절로 웃음이 났다.

"기억이 안 나는데요?"

현우는 일부러 장난을 쳐보았다. 현우의 말에 걸 그룹 멤버들이 잔뜩 풀이 죽었다. 실망한 기색이 역력했다. 더 늦기 전에 현우가 얼른 입을 열었다.

"소녀악단 지숙 씨랑 윤희 씨. 맞아요?

"어?! 저희 기억하시네요?"

"기억하죠. 홍콩에서도 본 적 있는데. 다연이랑 인사도 했죠?"

현우가 부드러운 미소를 머금었다. 소녀악단 멤버들도 만족스러워했다.

그사이 다른 아이돌 그룹의 멤버들도 현우 주변으로 몰려들었다. 함께 사진도 찍고 방금 전 인사를 나눈 소녀악단 멤버들은 현우와 SNS 친구까지 맺은 다음 대기실로 돌아갔다.

MBS 공개홀을 찾은 현우는 인기 만점이었다. 복도를 걸으며 대기실을 지나칠 때마다 여기저기에서 인사가 쏟아졌다.

간신히 아이돌 멤버들과 타 기획사 관계자들을 돌려보낸 다음 현우는 i2i의 대기실을 찾았다.

현우는 별생각 없이 대기실 문을 열었다.

"응?"

이국적인 외모의 혼혈 소녀가 현우를 빤히 올려다보고 있었다. 그러다 뒤로 주춤 물러섰다. 얼굴 가득 당황한 기색이 역력했다. 현우 역시 의외의 만남에 놀라긴 했지만 빙그레 미소를 머금었다.

"제나구나. 저번에 보고 두 번째인가?"

"네, 저번에 뵌 적 있어요."

Xena의 안색이 어두워졌다. 저번에 현우를 만났을 때는 엘시도 함께였다. 다행히 엘시는 보이지 않는 것 같았다.

"근데 다들 정신이 없네."

현우가 피식 웃었다. i2i 멤버들은 걸즈파워 2기 멤버들이랑 이야기를 하느라 정신이 없었다. 현우가 다시 Xena를 쳐다보았다.

"솔로 활동할 때보다 살이 좀 빠졌는데?"

"네?"

"너무 말랐어. 다이어트도 좋지만 끼니는 꼭 챙겨 먹어. 춤추는 아이돌 가수는 체력이 생명이거든. 이거라도 먹을래?"

현우가 슈트 상의에서 초콜릿 캔디 하나를 꺼내 건넸다.

"……"

Xena가 초콜릿 캔디를 받아 들고 푹 고개를 숙였다. 요즘 불안함에 입맛이 없어서 끼니를 자주 거르고 있었다. 매니저들도 잘 모르는 사실을 김현우 대표가 한눈에 꿰뚫어 보았다.

현우의 시선이 Xena에게서 떨어지지를 않았다. 한눈에 상태가 그리 좋지 않아 보였다.

'어디 아픈가?'

Xena가 초콜릿 캔디를 손에 꼭 쥐고 있었다. 현우가 뭐라고 더 말하려는데 i2i 멤버들이 현우를 발견했다.

"대표님이다!"

"치킨! 치킨!"

배하나가 현우를 보고는 치킨부터 찾았다.

"인마, 수정이처럼 인사는 못할망정 치킨부터 찾아?"

"배고파서요. 그리고 저 치킨 보름 만에 먹는 거거든요? 대표님이 제 심정을 아세요?"

"하여간 이 먹보. 기다려 봐. 곧 도착하니까."

"히히, 양념 치킨!"

컴백을 준비하느라 철저하게 식단 관리를 하고 있던 i2i 멤버들이었다. 첫 컴백 무대에 오르기 전에 현우는 소원풀이를 해줄 생각이다.

"안녕하세요! Tia입니다! 얘는 제 동생 Sia예요!"

"오호, 너희들이 소문의 쌍둥이 자매구나?"

현우가 눈동자를 빛냈다. 쌍둥이 자매는 어디 하나 구멍이 없다고 평가되는 걸즈파워 2기의 비주얼 멤버들이었다.

송지유와 비견될 정도라더니 송지유만큼은 아니었지만 정말로 미모가 뛰어났다. 청순하며 여성스러운 향기가 물씬 풍겼다.

"실물이 훨씬 예쁘구나."

"감사합니다! 김현우 대표님한테 칭찬 들었다! 헤헤!"

언니인 Tia가 밝게 웃었다. 반면 동생인 Sia는 조용한 성격 같았다. 조용히 웃고만 있었다.

"대표님, 실망이에요."

서아라가 팔짱을 끼고 입을 삐죽 내밀었다.

"나도 삐쳐 버렸음."

배하나도 홱 고개를 돌리며 투정을 부렸다. i2i에서 핵심 비주얼 멤버라고 불리는 두 멤버였다. 현우가 쌍둥이 자매를 칭찬하자 질투가 난 것이다.

현우가 머리를 긁적이며 난감해했다. 쌍둥이 자매가 그런 현우와 i2i 멤버들을 재미있다는 표정으로 쳐다보고 있었다.

"오늘 음방 끝나고 회식?"

"삼겹살?"

배하나가 되물었다. 현우가 고개를 저었다.

"삼겹살 말고 소?"

"오케이! 화 풀림!"

"아라는?"

"저도요!"

현우가 피식 웃었다. 그리고 그 광경에 걸즈파워 2기 멤버들이 부러워하는 표정이 되었다. 그리고 때마침 치킨이 도착했다.

손태명과 고석훈이 양손 가득 치킨 봉지를 들고 나타난 것이다. 구수하고 맛있는 향기가 대기실에 진동했다.

"태명 선배다!"

걸즈파워 2기 멤버들이 앞다투어 손태명을 가리켰다. 손태명이 어색한 표정을 했다. 대기실까지 오는 데도 벌써 많은 아이돌 멤버들이 태명 선배라며 인사를 해온 차였다. 익숙한 현우와 다르게 손태명은 지금의 인기가 어색했다.

"걸즈파워 2기 친구들도 있었네요. 어울림 엔터테인먼트 실장 손태명입니다. 이 친구는 고석훈 매니저."

"고석훈입니다."

고석훈이 무표정으로 인사를 했다. 그리고 뒤이어 최영진이 S&H 매니저들과 커피를 다 마시고 대기실로 돌아왔다.

"형님들, 오셨어요?"

"혼자서 고생 많았다, 영진아."

그렇게 말한 현우의 시선이 S&H 매니저들에게 향했다. S&H 매니저들이 꾸벅 인사를 했다. 현우도 마주 인사를 했다.

"어울림 F4가 다 모였어요. 김현우 대표님, 손태명 실장님, 최영진 팀장님, 고석훈 매니저님. 완전 신기하다."

Tia가 입을 벌리며 감탄했다.

"너도 무모한 기획사 보고 있어?"

김수정이 물었다. Tia가 고개를 끄덕거렸다.

"응. 우리 멤버들도 전부 매주 챙겨 보고 있는데? 저희 사진

한 짱 찍어도 될까요? 시아야, 좋지? 그렇지?"

"응, 좋아."

들떠 있는 쌍둥이 자매와 다르게 S&H 매니저들이 곤란한 얼굴을 했다. 어울림과의 경쟁 구도는 세상이 다 알고 있었다.

현우가 먼저 말을 꺼냈다.

"그럼 다 같이 기념으로 사진 한 장 찍을까요?"

"그게 좀……."

S&H 매니저들이 서로를 보며 당황해했다.

"같은 업계 사람들끼리 사진 한 장 찍는다고 뭐 잡아가겠습니까?"

고민 끝에 S&H 매니저들이 결정을 내렸다.

어울림 식구들과 걸즈파워 2기 멤버들, 그리고 S&H 매니저들이 함께 기념사진을 찍었다. 그리고 i2i와 걸즈파워 2기 멤버들은 따로 단체 사진도 찍었다.

"그럼 저희는 가보겠습니다. 환영해 주셔서 감사했습니다."

걸즈파워 2기 멤버들을 데리고 S&H 매니저들이 대기실로 돌아가려고 했다.

그런데 걸즈파워 2기 멤버들이 아쉬워하고 있었다. 크림이라는 멤버는 테이블에 놓인 치킨 봉지에서 눈을 떼지 못하고 있었다.

"오빠, 쟤네도 좀 먹여요."

김은정이 현우에게 다가와 속삭였다. 현우가 고개를 끄덕였다.

"괜찮으면 치킨 같이 드시죠."

"예?"

S&H 매니저들이 발걸음을 멈추었다. 아쉬워하던 걸즈파워 2기 멤버들이 반색했다.

"보시다시피 넉넉하게 사왔습니다. 같이 드시죠."

"매니저님?"

Sia가 매니저들을 졸랐다. 그런 다음 리더인 Xena를 쳐다보았다.

"제나야, 응? 우리 배고프잖아. 그리고 너 어제부터 아무것도 못 먹었잖아."

Xena가 고민했다. 그런데 문득 손에 쥐고 있던 초콜릿 캔디의 존재가 느껴졌다.

"매니저님, 치킨 먹고 싶어요. 치킨 먹게 해주세요."

좀처럼 요구 사항도 없고 말도 별로 없는 Xena가 이렇게까지 말하자 매니저들도 놀란 눈치였다.

"신경을 써주셔서 감사합니다, 대표님."

"신경은요. 다들 배고프지? 일단 먹자."

현우의 말에 i2i 멤버들이 환호성과 함께 치킨 봉지를 뜯고 세팅을 했다. i2i의 대기실에서 치킨 파티가 벌어졌다.

"……."

치킨을 먹으면서도 Xena는 현우에게서 시선을 떼지 못했다. 자꾸만 흘깃흘깃 현우를 훔쳐보았다.

현우와 어울림 식구들은 대기실에서 걸즈파워 2기 멤버들의 생방송 무대를 지켜보고 있었다. i2i 멤버들도 평소와 다르게 진지한 표정이었다.

"이번 주 음악캠프 1위 후보입니다! 소녀들의 힘! 걸즈파워!"

여자 아이돌 MC가 걸즈파워를 소개했다. 그리고 무대 위로 3주 연속 1위 자리를 차지하고 있는 걸즈파워 2기 멤버들이 등장했다.

"무대가 꽉 차 보여요, 대표님."

"그렇지?"

현우가 김수정의 의견에 동의했다. 7인조로 이루어진 걸즈파워 2기는 등장과 동시에 무대를 장악하고 있었다.

걸리쉬와 하우스 장르가 섞인 빠른 리듬의 곡에 맞춰 2기 멤버들이 통통 뛰는 군무를 선보였다. i2i 멤버들은 좀처럼 화면에서 눈을 떼지 못했다.

다들 집중력을 발휘하고 있었다. 현우와 이솔의 눈동자가 마주쳤다.

"솔아, 걸즈파워 2기 멤버들 어떤 것 같아?"

"잘하네요."

"그렇지? 근데 내가 보기에는 너희들이 훨씬 낫다."

현우가 i2i 멤버들을 둘러보며 말했다. i2i 멤버들도 내색은 하지 않고 있었지만 내심 긴장하고 있었다. 그런데 현우가 이렇게 단정적으로 말하자 자신감이 생겨났다.

"탈아이돌 클래스를 보여주자. 너희들은 아이돌이면서 동시에 아티스트야. 내 말 무슨 말인지 알지?"

"네, 대표님!"

김수정이 고개를 끄덕였다. 그러고 멤버들을 향해 손을 내밀었다. i2i 멤버들이 손을 하나로 모았다.

"우리 파이팅 하자! 하나! 둘! 셋!"

"i2i 파이팅! 아자! 아자! 아자!"

i2i 멤버들이 전의를 다졌다. 그리고 걸즈파워의 무대가 끝나갈 때쯤 대기실 문이 열렸다.

"다, 다음 무대 i2i입니다! 준비해 주세요!"

"알겠습니다."

최영진이 고개를 끄덕여 보였다. 그리고 i2i 멤버들을 쳐다보았다.

"가자. 무대 준비해야지."

i2i 멤버들이 하나둘 자리에서 일어났다.

"오랜만에 마 피디님이나 볼까? 다 같이 가자."

현우에 이어 손태명과 고석훈도 자리에서 일어났다. 어울림 F4가 대기실을 벗어나 선두로 섰다. 그리고 그 뒤를 롱 패딩으로 완전 무장을 한 i2i 멤버들이 뒤따랐다.

타 기획사 관계자들과 아이돌 멤버들이 복도로 구경을 나왔다. 현우와 어울림 식구들이 인사를 하며 복도를 지나갔다.

그리고 복도의 끝에서 무대를 마치고 걸즈파워 2기 멤버들이 막 내려오고 있었다. MBS 스태프들이 긴장했지만 걸즈파워 2기 멤버들과 i2i 멤버들이 하이파이브를 주고받았다.

김수정이 대표로 칭찬을 꺼냈다.

"무대 정말 멋있었어!"

"고마워! 너희들 무대도 기대할게!"

"힘내!"

Tia에 이어 Sia도 응원을 했다. S&H 매니저들만 표정이 밝지 못했다.

소녀악단의 무대가 막바지에 이르러 있었다. 그리고 스태프들을 따라 i2i 멤버들이 무대 아래에서 대기했다.

또각또각.

구두 소리와 함께 마소진 피디가 나타났다.

"대표님, 잘 지내셨죠? 오랜만이네요."

"피디님, 여전히 아름다우시군요."

"호호, 말재주가 많이 느셨네요?"

"아, 그렇습니까? 하하!"

현우도 마소진 피디를 보며 웃었다. 마소진 피디가 i2i 멤버들을 살펴보았다.

"또 어떤 깜짝 준비를 하신 거예요? 예쁜 애들을 꽁꽁 싸매 놓으셨네요?"

무대로 올라가기 위해 i2i 멤버들이 롱 패딩을 벗었다. i2i 멤버들을 확인한 마소진 피디와 스태프들이 눈을 크게 떴다.

꽁꽁 싸매고 있던 이유를 이제야 알 것 같았다.

"어떻습니까, 피디님?"

현우가 물었다. 마소진 피디가 박수를 쳤다.

"콘셉트가 보통이 아닌데요? 이번에도 대표님 아이디어인가요?"

"아뇨."

"그럼……?"

"김정우 실장님 아이디어입니다."

"김정우 실장님이요? 혹시 몇 년 전에 S&H에서 매니지먼트 1팀 팀장이셨던 그분 말씀하시는 건가요?"

마소진 피디가 기억을 떠올리며 물었다. 현우가 고개를 끄덕였다.

"맞습니다."

"복귀하신 건가요?"

"그렇습니다."

"축하드려요. 김정우 팀장님, 아니, 김정우 실장님 보통 분이 아니시거든요."

"잘 알고 있습니다."

현우가 은은한 미소를 머금으며 대답했다. 마소진 피디도 걸즈파워 1기를 정상에 올려놓은 김정우를 기억하고 있었다.

"그럼 i2i 친구들 무대 기대할게요."

"네, 기대하셔도 될 겁니다."

현우가 씩 웃으며 말했다.

＊　　　　＊　　　　＊

"생방송 음악캠프! 마지막 무대입니다! 국민 걸 그룹이 드디어 돌아왔습니다! 한국과 일본 동시 앨범 발매를 시작으로 한국을 넘어 이제는 아시아 진출을 꿈꾸고 있는 그룹입니다! i2i!"

슈퍼보이스의 멤버가 i2i를 소개했다.

불이 꺼져 있는 무대 위로 검은색 후드 집업을 머리까지 눌러쓴 i2i 멤버들이 모습을 보였다.

생방송 무대를 기다리고 있던 i2i 팬덤의 기대치가 절정에 달했다.

—나온다! 드디어 나왔다!
—오! 티저 영상 속 의상인데?

i2i 멤버들이 V 자 대형을 잡았다. 피아노 전주가 흘러나오기 시작했다. 그리고 무대가 빛을 발하기 시작했다. 강렬한 전자 사운드가 시작되며 i2i 멤버들이 후드 집업을 벗어 던졌다.

마법 소녀를 콘셉트로 한 스쿨 룩 의상에 이어 i2i 멤버들의 전신이 드러났다. 그리고 생방송으로 시청 중이던 팬들은 물론 대중들도 난리가 났다.

—헐! ㅋㅋㅋㅋㅋ
—콘셉트 미쳤다! ㅋㅋㅋㅋㅋ
—와, 생각도 못했다! ㅋㅋㅋ

카메라가 센터 이솔을 먼저 클로즈업으로 잡았다. 이솔이 달라져 있었다. 길게 기르던 머리카락이 단발로 잘라져 있고 금발로 염색까지 한 상태였다. 그리고 익숙한 스모키 눈 화장까지.

―엘시다!

―이솔이야, 엘시야? ㅋㅋ

―갓부기는 엘시랑 똑같네! 배하나는 유나 콘셉트인데? 유나
인 줄. ㅋ

―서아라는 걸즈파워 2집 앨범 버전 유나인데?

―김수정은 연희다, 연희!

이솔을 필두로 i2i 멤버들은 걸즈파워 1기 멤버들을 연상시
켰다.

오마주, i2i 멤버들이 결연한 표정으로 걸즈파워 1기 멤버들
을 오마주하고 무대에 올랐다.

1장

진격의 김현우 I

카메라가 i2i 멤버들을 차례로 클로즈업했다. 짧은 금색 단발머리에 스모키 눈 화장을 한 이솔이 센터에 서서 독무를 펼쳤다. 그리고 좌우에 서 있던 배하나와 서아라도 시간차로 안무를 펼치기 시작했다.

일렉트로니카의 빠른 전자음에 맞춰 i2i 멤버들의 군무가 시작되었다. 빠르고 정갈하며 군더더기 없는 i2i 특유의 안무였다.

'소녀는 무대 위에'와 '소녀K 매직'이 걸리쉬를 주제로 한 곡이었다면 신곡 'Legends never die'는 상당히 빠른 템포의 곡이었다. 반복적인 가사와 함께 깜찍한 안무, 그리고 특색 있는 의상까지 더해져 정말로 마법 소녀를 보는 것 같은 착각을 불러일으켰다.

통통 튀는 느낌의 화려한 무대였다.

특히 이솔을 포함한 i2i 멤버들은 걸즈파워 1기 멤버들을 떠오르게 했다. 후배 그룹이 보여주고 있는 선배 그룹에 대한 존중과 존경의 무대였다.

생방송으로 음악캠프를 시청하고 있던 대중들도 존중과 존경이 담긴 i2i의 무대에 눈을 떼지 못하고 있었다.

―걸즈파워 1기 멤버들 보고 싶다. ㅋㅋ

―2기도 아니고 i2i가 걸즈파워 1기를 떠오르게 할 줄이야;

―이솔은 엘시랑 똑같지 않음?

―뮤직비디오도 그렇고 확실히 i2i는 메시지를 가지고 있음.

―군대 있을 때 걸즈파워 때문에 버텼음. ㅎ

―인정; 걸즈파워 1기는 레전드지.

화려하고 빠른 무대가 계속해서 펼쳐졌다.

―i2i는 그새 실력이 더 늘은 듯.

―일본 진출 준비하면서 연습 많이 한 거 딱 보임. ㅋㅋ

―걸즈파워 2기 무대 보면서도 감탄했는데 i2i도 대단하다. ㅋ

―사실상 대한민국 최고 걸 그룹은 i2i.

현우도 팔짱을 낀 채 대기실에서 i2i의 무대를 지켜보고 있었다.

"S&H 쪽에서 가만히 있을까?"

손태명이 흘러내린 안경을 고쳐 쓰며 물었다. 함께 무대를 지켜보고 있던 최영진과 고석훈도 걱정이 담긴 표정으로 현우를 쳐다보았다.

현우가 모니터를 주시하며 입을 열었다.

"가만히 있지 않으면 어쩔 건데? 헤어스타일이 비슷하다고 고소라도 할 거야?"

현우가 픽 웃으며 물었다.

"하긴."

손태명이 고개를 끄덕거렸다. i2i 멤버들은 걸즈파워 1기 멤버들을 떠오르게 했지만 그뿐이었다.

노래를 표절한 것도, 안무를 표절한 것도 아니었다. 그렇다고 해서 무대의상을 그대로 입은 것도 아니었다.

결론적으로 S&H 쪽에서 어울림 엔터테인먼트에게 제대로 한 방 먹은 셈이었다.

이윽고 i2i의 첫 음악 방송 컴백 무대가 화려하게 막을 내렸다.

—30초 같은 3분이었다!
—마법 소녀 콘셉트도 좋고 곡이 진짜 잘 나온 듯.
—갓부기가 엘시 솔로곡에 이어 또 명곡 제조함.
—다음 주에는 i2i가 1위 자리 가져가겠네요. ^^;

1위 수상을 위해 여러 많은 아이돌이 무대로 올라왔다.

1위는 누구나 예상했듯이 소녀악단을 제치고 걸즈파워 2기
가 차지했다.

하지만 여러 많은 아이돌 멤버들이 걸즈파워 2기보다는 컴
백 무대를 꾸민 i2i 멤버들에게 더 축하 인사를 건네고 있었
다.

걸즈파워 2기 멤버들도 i2i 멤버들과 서로 축하 인사를 주
고받고 있었다.

훈훈한 모습이 연출되었다. 하지만 S&H 쪽 매니저들의 표
정은 i2i의 무대 전과 비교했을 때 더욱 어두워져 있었다.

*   *   *

[i2i! MBS 음악챔프에서 화려하게 컴백!]

[i2i의 새로운 콘셉트는 마법 소녀! 그리고 통했다!]

[걸즈파워 1기에 대한 리스펙! 국민 걸 그룹 i2i는 달랐다!]

i2i의 첫 음악 방송 컴백 무대가 성공적으로 끝이 났다. 비록 컴백 무대인 까닭에 1위를 하지는 못했지만 포털 사이트마다 i2i에 대한 기사가 넘쳐났다.

특히 걸즈파워 1기 멤버들을 오마주한 i2i를 향해 대중들의 찬사가 쏟아지고 있었다.

─i2i는 국민 걸 그룹이다! ㅇㅈ?

─걸즈파워 1기 멤버들도 무대 보면서 생각 많이 했을 거 같아.

─역시 어울림이고 김태식이다! ㅋㅋ

─뮤직비디오도 그렇고 컴백 무대도 역대급이었음! ㅋㅋ

대중들의 찬사를 받고 있는 i2i나 어울림과 다르게 S&H를 향해서 대중들의 따가운 눈총이 쏟아졌다. 포털 사이트에 올라오고 있는 기사들이 이를 증명하고 있었다.

[S&H, 정말로 걸즈파워 1기 내버리나?]

[걸즈파워 1기는 전설이다! S&H는 1기 팬덤을 무시하나?]

[대중들은 걸즈파워 1기가 그립다!]

[연예인은 상품이 아니다! 사람이다!]

많은 기자들이 S&H의 방침에 대놓고 부정적인 의견을 내놓고 있었다. 이뿐만이 아니었다.

[i2i와 걸즈파워 2기 멤버들, 함께 찍은 셀카 화제!]
[i2i, 걸즈파워 2기 멤버들과 대기실에서 치킨 파티!]
[뮤직비디오가 현실로? i2i, 걸즈파워 2기와 친분 인증?]

i2i 멤버들을 중심으로 걸즈파워 2기 멤버인 Tia와 Sia가 본인의 SNS에 셀카를 올린 게 화근이 되고 말았다.

걸즈파워 2기 멤버들이 현우를 비롯해 어울림 F4와 찍은 사진이 논란의 중심에 서 있었다.

—Xena가 웃네? 마성의 김발놈;

—갓 현우! 인성 보소!

—김태식 대표는 걸즈파워 2기에게 치킨도 먹이는데 이 회장은 걸즈파워 1기 폐기 처분 각이죠? ㅋㅋ

—i2i랑 걸즈파워 2기 애들이랑 친한 듯. 문제는 그분임. 아시죠, 그분? ㅋㅋ

—암요. 그분 알죠. 그 사업하시는 그분 말하시는 거죠?

─그분? ㅋㅋㅋ

─S&H, 세무조사나 받았으면.

쾅!

이장호 회장이 책상을 내려쳤다. 그리고 벌게진 손으로 이마를 짚었다.

걸즈파워 2기를 담당하고 있는 매니저들이 그런 이장호 회장의 눈치를 살피고 있었다.

"대기실에서 대체 뭘 한 거야?!"

이장호 회장이 언성을 높였다. 매니저들이 푹 고개를 숙였다.

"지금 우리 회사 상황이 자네들이 보기에는 장난 같나? 그런 거야?! 왜 대답이 없어?!"

"……"

매니저들은 아무런 대답도 하지 못했다. i2i의 대기실에서 찍은 셀카들이 이미 인터넷 커뮤니티 여기저기에 널리 퍼져 있었다.

경쟁 구도에 있는 S&H 소속의 걸즈파워 2기 멤버들을 살뜰히 챙겨준 현우를 향해서는 갓 현우라는 칭송이 줄을 이었다.

반면, 이장호 회장을 향해서는 날 선 비난이 쏟아지고 있었다. 본래 S&H 팬덤에서 평판이 그리 좋지 않던 이장호 회장이었다. 그런데 이번 i2i의 뮤직비디오와 대기실에서 함께 찍은 셀카가 도화선이 되고 말았다.

엘시 계약 사건 때보다 대중들의 반응은 더욱 싸늘했다. 이제는 아예 비난을 넘어서 조롱이 줄을 이었다.

"이석우 실장은?"

이장호 회장이 침묵 끝에 입을 열었다. 매니저들은 서로 얼굴만 쳐다볼 뿐 할 말이 없었다.

그때였다. 노크도 없이 회장실 문이 열리고 매니지먼트 1팀의 젊은 팀장이 나타났다. 이장호 회장의 시선이 젊은 팀장에게로 향했다.

"무슨 일인가?"

"그게… 상황이 곤란하게 된 것 같습니다, 회장님."

"곤란하다니?"

이장호 회장의 얼굴이 굳어졌다. 젊은 팀장이 대답 대신 회장실 뒤쪽 창문을 가리켰다.

이장호 회장이 자리에서 일어나 몸을 돌렸다. 그리고 창밖을 내다보았다.

S&H 본사 앞에 걸즈파워의 팬들이 몰려와 있었다. 검은색 마스크를 쓴 채 걸즈파워의 팬들이 침묵시위를 펼치고 있었다.

"……."

이장호 회장이 주춤 뒤로 물러섰다.

"회장님, 곧 기자들도 몰려올 겁니다. 그전에 대처를 하셔야 합니다."

젊은 팀장은 사태의 심각성을 파악하고 있었다. 이제 곧 기자들이 도착할 것이다.

그리고 걸즈파워 팬들의 침묵시위에 대한 기사가 나간다면 여론이 들불처럼 번져 나갈 것이 분명했다.

"회장님."

"당장 내려가지. 당장!"

이장호 회장이 회장실을 박차고 나갔다.

*　　　　*　　　　*

화이트 키드 해체 이후 S&H의 본사에 팬덤이 몰려온 경우는 이번이 두 번째였다. 수백 명의 걸즈파워 팬들이 피켓을 들고 S&H의 처사에 항의하고 있었다.

침묵시위에 참가한 걸즈파워의 팬 중에는 엘시의 골수팬인 김대식도 함께였다. 아르바이트까지 쉬고 S&H 본사를 찾은 김대식은 가장 일선에 서서 피켓을 들고 있었다.

"이장호 회장이다!"

누군가가 소리쳤다. 이장호 회장이 매니저들과 함께 모습을 드러내었다. 걸즈파워 팬덤의 싸늘한 시선이 이장호 회장에게로 날아와 꽂혔다.

"걸즈파워 활동 보장하라!"

어느 여성 팬이 뾰족하게 소리를 질렀다.

"S&H는 걸즈파워 활동 보장하라! 보장하라!"

걸즈파워 팬덤이 한목소리를 냈다. 이장호 회장이 손을 들어 보였다.

장내가 진정되자 그가 입을 열었다.

"이게 대체 무슨 짓들입니까? 걸즈파워 1기는 절대 해체한 것이 아닙니다! 걸즈파워 2기 아이들이 활동하고 있기는 하지만 1기 멤버에게도 유닛 활동이나 개인 활동으로 기회가 갈 겁니다, 여러분!"

"거짓말하지 마라! 캔디밀크도 그런 식으로 해제했으면서!"

참다못한 김대식이 소리를 질렀다. 다른 팬들도 고개를 끄덕거렸다.

캔디밀크도 멤버들의 개인 활동을 지원한다고 약속했다. 그런데 주력 멤버들에게만 기회가 갔고 많은 멤버들은 소외당했다.

결국 캔디밀크는 그렇게 자연스레 해체되었다.

S&H의 전형적인 수법이었다. 어릴 적에는 캔디밀크를, 그리

고 군대에서는 걸즈파워를 좋아한 김대식이 이를 모를 리가
없었다.

걸즈파워 팬덤의 흉흉한 시선에 이장호 회장이 결국 두 눈
을 질끈 감았다.

"그럼 여러분이 원하는 게 뭡니까?"

걸즈파워 팬들이 김대식을 쳐다보았다. 김대식이 숨을 고른
다음 이장호 회장을 똑바로 쳐다보았다.

"회장님, 걸즈파워 1기도 2기 멤버들처럼 앨범 내주십시오.
그룹 활동을 보장해 주십시오. 유닛 활동도, 개인 활동도 싫
습니다. 우리는 걸즈파워 완전체를 원합니다!"

김대식의 말에 이장호 회장이 고개를 저었다.

"여러분도 아시다시피 걸즈파워 1기는 리더인 엘시가 탈퇴
할 때부터 그 수명이 끝난 겁니다. 이익을 추구하는 연예 기
획사의 대표로서 여러분의 제안은 받아들일 수가 없습니다.
하지만 앞서 말한 것처럼 1기 멤버들의 개인 활동은 적극적으
로 지원하겠습니다. 약속드리겠습니다."

"약속이요? 회장님이 약속 지키신 적 있습니까? 채소진도
결국에는 S&H를 나가고 어떻게 되었는데요?!"

김대식이 정곡을 찔렀다.

캔디밀크의 센터이자 리더인 채소진은 충분히 스타성이 있
었음에도 해체와 동시에 홀대를 받았다.

결국 계약이 끝나고 S&H를 나갔다. 그리고 그 이후로 제대로 된 활동을 하지 못하고 있었다. 항간에는 S&H에서 번번이 작품 캐스팅을 방해하고 있다는 소문도 돌고 있었다.

"걸즈파워 활동 보장하라! 보장하라!"

걸즈파워 팬덤이 다시 한목소리를 냈다. 절대 물러설 기미가 없어 보였다.

"회장님, 일단 팬분들의 제안을 받아들이셔야 합니다. 일이 커지면 걸즈파워 2기 아이들한테도 치명타입니다."

젊은 팀장이 말했다. 하지만 이장호 회장은 고개를 저었다. 연예 기획사가 팬덤에게 휘둘릴 수는 없었다.

"후속 기사 대응 준비하게."

"예?"

젊은 팀장이 놀라 되물었다.

"못 들었나? 후속 기사 대응 준비해!"

"알겠습니다, 회장님."

결국 젊은 팀장은 이장호 회장의 뜻을 꺾지 못했다.

걸즈파워 팬덤은 계속해서 걸즈파워 활동을 보장하라고 외쳐댔다.

하지만 이장호 회장은 아랑곳하지 않고 몸을 돌렸다.

*   *   *

[걸즈파워 팬덤, S&H 상대로 보이콧 선언!]

[사상 초유의 사태! 걸즈파워 2기 데뷔와 동시에 위기?]

[이장호 회장의 불통이 불러온 보이콧 사태!]

S&H 본사 앞에 몰려와 있는 걸즈파워 팬덤의 사진과 함께 포털 사이트에 대문짝만 하게 기사가 떴다. S&H에서도 곧장 대응 기사를 내보냈다.

걸즈파워는 졸업 시스템으로 기획된 그룹이며 팬들의 의견을 수렴하여 1기 멤버들의 개인 활동을 최대한 지원하겠다는 형식적인 기사였다.

하지만 S&H의 대응은 걸즈파워 팬덤을 더 자극하는 꼴이었다.

1기와 2기 멤버로 갈라져 있던 걸즈파워 팬덤이 하나로 뭉치고 있었다.

그리고 어울림 엔터테인먼트 본사 앞으로 초록색 밴 봉식이가 들어섰다.

"뭐야, 이거?"

현우가 질린 얼굴을 했다.

"오빠, 다 왔어요?"

뒷좌석에 앉아 졸고 있던 송지유가 잠에서 깨며 물었다. 현우로부터 대답이 없자 송지유가 쓰고 있던 안대를 벗었다.

그러더니 눈을 크게 떴다. 어울림 본사 앞에 걸즈파워의 팬들이 몰려와 있었다.

"설마 걸즈파워 팬들이에요?"

"그런 것 같다."

팬들에게 가로막혀 봉식이가 더 이상 나아가지를 못했다. 걸즈파워 팬들이 봉식이를 두들겨 댔다.

"안 되겠다. 일단 너는 여기 있어."

"안 돼요."

"뭐?"

"기사 못 봤어요? 갓 현우니 뭐니 지금 난리잖아요. 내가 나가볼게요."

"지유야?"

현우가 더 말릴 새도 없이 송지유가 밴의 문을 열어버렸다.

"송지유다!"

걸즈파워 팬들이 갑자기 나타난 송지유를 보며 깜짝 놀랐다. 송지유가 밴에서 내렸다. 송지유의 포스에 걸즈파워 팬들이 섣불리 다가오지 못했다.

"무슨 일로 저희 어울림을 찾아오신 거죠?"

송지유가 물었다. 머뭇거리고 있던 걸즈파워 팬들을 대신해 엘시의 골수팬인 김대식이 나섰다.

"지유 님, 김현우 대표님 좀 만나게 해주세요. 네?"

"현우 오빠요? 이유가 뭐죠?"

김대식이 머뭇거리다가 입을 열었다.

"저희는 김현우 대표님한테 도움을 받고 싶어서 찾아온 겁니다."

"도움이요? 구체적으로 말씀해 보세요."

"우리 걸즈파워 다른 멤버들도 어울림 엔터테인먼트에서 영입하면 걸즈파워가 완전체로 활동을 할 수 있지 않을까요? 김현우 대표님은 엘시 님도 재기시켜 주셨잖아요. 예?"

김대식의 말에 송지유가 조용히 팔짱을 꼈다.

어울림을 찾아온 걸즈파워 팬덤이 말하고 있는 이 이야기는 상당히 까다롭고 어려운 일이었다.

"지유 님, 그러니까 김현우 대표님 좀 만나게 해주세요!"

김대식과 걸즈파워 팬덤이 간절하게 부탁해 왔다. 송지유도 걸즈파워 팬들의 심정이 이해가 갔다. 하지만 엘시와 다른 멤버들은 경우가 달랐다.

현우와 어울림 입장에서 상당히 부담이 갈 수밖에 없는 상황이었다. 송지유가 길게 한숨을 내쉬었다.

"잠깐만 기다려요."

송지유가 핸드폰을 꺼내 들었다. 그리고 어딘가로 전화를 걸었다.

―응, 지유야.

"회사 앞에 언니 팬들 와 있어요."

송지유가 짤막하게 말했지만 엘시는 단번에 상황을 파악했다.

―지유야, 팬분들이랑 통화하게 해줘.

"네, 알았어요."

송지유가 핸드폰을 스피커 모드로 전환했다.

―소녀들의 힘! 걸즈파워 엘시입니다, 여러분!

엘시가 당차게 인사를 했다. 김대식을 비롯한 걸즈파워 팬들의 얼굴이 밝아졌다.

―여러분, 저희 걸즈파워를 사랑해 주셔서 정말 감사합니다. 저랑 저희 멤버들도 여러분의 사랑은 절대 잊지 못할 거예요.

엘시의 음성에 걸즈파워의 팬들이 숙연해졌다.

―저도 우리 멤버들이랑 같이 춤추고 노래 부르고 싶어요. 하지만 지금 상황이 좋지 않잖아요? 저희 대표님이랑 저희 회사에 더는 폐를 끼칠 수 없어요. 죄송해요.

핸드폰 너머의 엘시가 울먹였다. 팬들도 덩달아 눈시울을 붉혔다. 걸즈파워의 팬들도 자신들이 억지를 부린다는 것을 모르지 않았다.

다만 지금의 상황이 화가 나고 답답했을 뿐이다.

"죄송합니다, 엘시 님. 저희가 저희 생각만 했어요."

김대식이 말했다.

―아니에요. 충분히 그 심정 이해해요. 그리고 제가 여러분에게 아무 위로도 되어드리지 못해 죄송할 뿐이에요. 5년만, 너무 길지만 5년만 기다려 주세요.

결국 엘시가 참고 있던 울음을 터뜨렸다. 김대식도 다른 팬들도 눈물을 훔쳤다.

그때였다. 봉식이의 운전석 문을 열고 현우가 모습을 드러내었다. 단단히 결심을 한 표정으로 현우가 팬들 앞에 섰다.

"다연아."

―현우 오빠? 오빠 맞아요?

"응, 나야. 지금 어디 있어?"

―멤버들이랑 같이 있어요.

"지금 당장 멤버들이랑 회사로 와."

―멤버들도요?

"그래. 그럼 끊는다."

현우가 송지유의 핸드폰을 대신 끊었다. 그리고 팬들을 정면으로 마주했다.

"김현우 대표님, 저희 좀 도와주세요!"

"도와주세요!"

일부 팬들이 현우를 붙잡고 늘어졌다. 그리고 현우가 조용히 입을 열었다.

"뭐, 그러죠."

"오빠?!"

송지유가 눈을 크게 떴다. 전혀 예상하지 못한 현우의 대답에 장내가 급격하게 얼어붙었다.

『내 손끝의 탑스타』 11권에 계속…